スパイ教室 短編集05

『焔』より愛をこめて

SPY ROOM

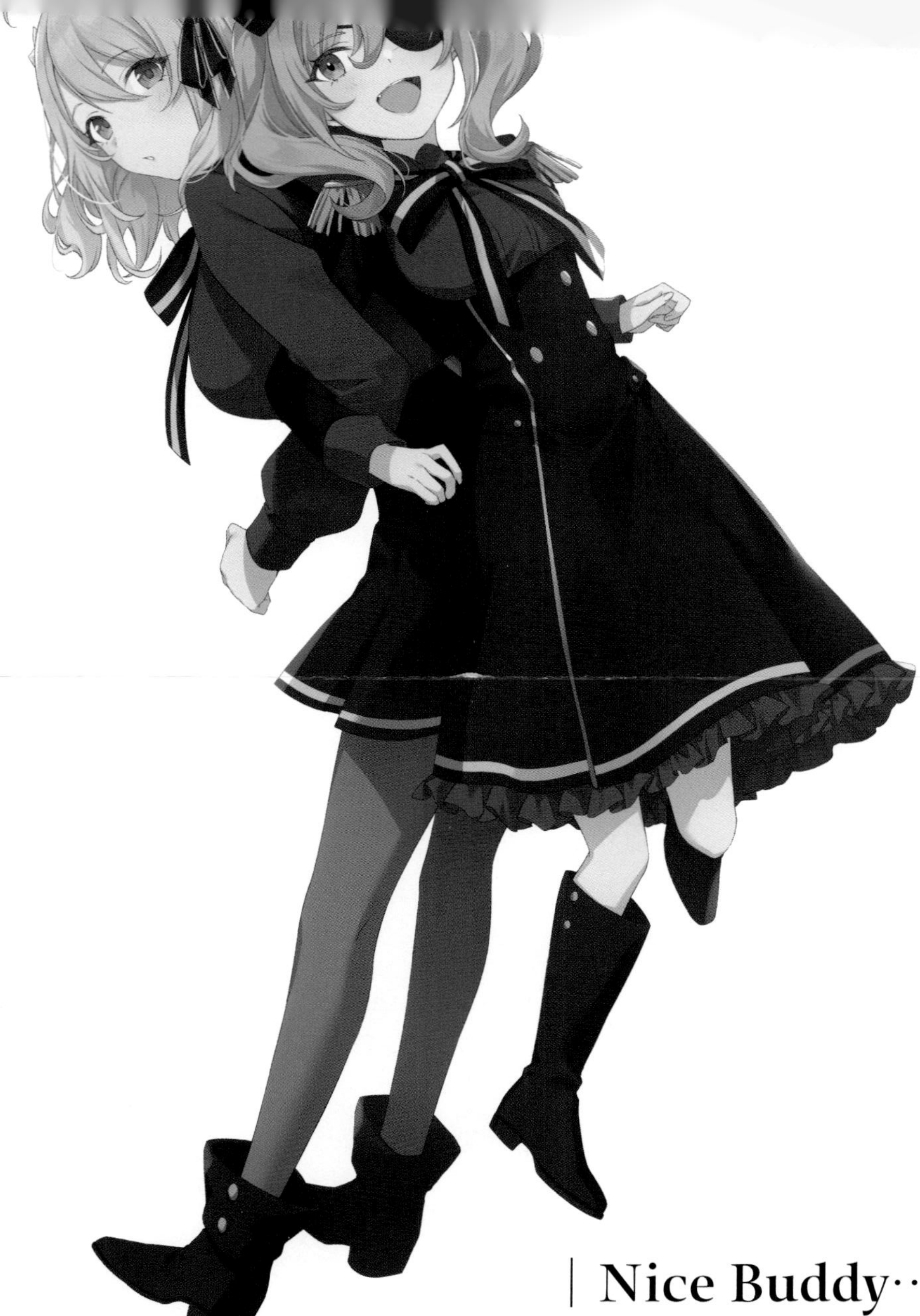

| Nice Buddy…?

From Homura with Love

スパイ教室 短編集05
『焔』より愛をこめて

竹町

ファンタジア文庫

3372

口絵・本文イラスト　トマリ
銃器設定協力　アサウラ

SPY ROOM

the room is a specialized institution of mission impossible
from Homura with love

CONTENTS

CHARACTER PROFILE

愛娘
Grete

ある大物政治家の娘。
静淑な少女。

花園
Lily

僻地出身の
世間知らずの少女。

燎火
Klaus

『灯』の創設者であり、
「世界最強」のスパイ。

夢語
Thea

大手新聞社の
社長の一人娘。
優艶な少女。

灰燼
Monika

芸術家の娘。
不遜な少女。

百鬼
Sibylla

ギャングの家に
生まれた長女。
凛然とした少女。

愚人
Erna

元貴族。事故に頻繁に
遭遇する不幸な少女。

忘我
Annett

出自不明。記憶損失。
純真な少女。

草原
Sara

街のレストランの娘。
気弱な少女。

Team Otori

凱風
Queneau

鼓翼
Culu

飛禽
Vindo

羽琴
Pharma

翔破
Vics

浮雲
Lan

Team Homura

紅炉 Veronika	炮烙 Gerute	煤煙 Lucas
灼骨 Wille	煽惑 Heidi	炬光 Ghid

Team Hebi from ガルガド帝国

翠蝶

白蜘蛛

蒼蠅

銀蟬

紫蟻

藍蝗

黒蟷螂

『CIM』from フェンド連邦

『Hide』一CIM最高機関一

呪師 Nathan

魔術師 Mirena

他三名

『Berias』一最高機関直属特務防諜部隊一

操り師
Amelie

他、蓮華人形、自壊人形など

『Vanajin』一CIM最大の防諜部隊一

甲冑師 Meredith

刀鍛冶 Mine

Other

影法師 Luke

索敵師 Sylvette

道化師 Heine

旋律師 Khaki

プロローグ《炬光《きょこう》》

ディン共和国は世界大戦後、諜報《ちょうほう》機関に膨大な国家予算を割いた。

大戦時、ガルガド帝国に国土を蹂躙《じゅうりん》され、多くの民が虐殺されるという建国史上最大の悲劇が起きた。隣国ライラット王国に臨時政府を設け、彼らの庇護《ひご》下になる。自国だけではまともに民を守れない、屈辱的な事件。

その状況を覆《くつがえ》したのが、共和国のスパイチーム『焔《ほむら》』だった。

起源は君主制時代まで遡る。国王直属の機密情報部隊。共和制に移行後は内閣府の預かりで、政府を支える諜報活動や国難に関わる特別な任務を果たしてきた。

『焔』はガルガド帝国の占領下にあったディン共和国の街に残り続けた。集めた情報はフェンド連邦やライラット王国に送られ、他国のスパイや軍隊と連携し、ガルガド帝国の侵略を抑え込んだ。『焔』の功績により、フェンド連邦とライラット王国の軍隊は、ガルガド帝国内の海岸に奇襲作戦を成功させる。これが世界大戦を終わらせる、大きな一手になった。

この奇襲作戦を成功に導いたスパイは『終幕のスパイ』と言われ、そのうちの二名は『焔』のメンバーだった。

終戦後、帰郷したディン共和国の政治家たちは考えた。

――これからはスパイの時代だ。

国を救ったのは軍隊ではなく『焔』。科学技術が進んだ時代の戦争は、情報が物を言う。世界の動向をいち早く摑《つか》み、他国と同盟を結ぶことこそ小国が生き残る術《すべ》。

かくして設立される、前例のないほどの国家予算が注ぎ込まれた諜報機関。

――対外情報室。

陸軍情報部と海軍情報部の精鋭、そして『焔』が中心になり誕生した。

対外情報室は、次世代のスパイを育て上げるため、養成学校を全国各地に創設した。軍人の学校とは異なる、諜報活動に特化した機関だ。

対外情報室黎明《れいめい》期、一部の優秀なスパイに通達される。

――任務の傍《かたわ》ら、見込みのある人材を見つけた場合は対外情報室にスカウトせよ。

その役目は、『焔』のナンバー2にして『終幕のスパイ』の一人――『炬光《きょこう》』のギードにも通達されていた。

◇◇◇

「で、ここが縄張りってわけか。例の王様の」

その夜、ギードが訪れていたのは、ディン共和国首都近郊にある街だった。

だが最早《もはや》街と言っていいのかも分からない。月明かりに照らされているのは、街の遺体。建物の半分以上に砲弾の跡が残っており、瓦礫《がれき》が道を塞ぎ、電信柱は軒並み倒れている。住民の九割以上が避難し、静寂が支配していた。

生々しい戦禍が刻まれた地域。

ガルガド帝国がディン共和国の首都攻撃の拠点にするため、侵略した街だった。国境を越えてきた軍人は無辜《むこ》の民を虐殺し、街をそのまま乗っ取った。食べ物は奪われ、抵抗した者は殺され、市民は故郷を捨て、散り散りに逃げた。

地獄そのものだった、と落ち延びた人々は語った。

破壊し尽くされた大通りに追悼の祈りを捧《ささ》げ、ギードは探索を始める。

顎鬚《あごひげ》を生やした、二十二歳という実年齢より老《ふ》けて見える青年だ。ジャケットからはナナフシのように長い手足が伸びている。腰元には時代錯誤の刀が提げられていた。

彼はある噂《うわさ》を聞きつけていた。

――ガルガド帝国陸軍の拠点から、食い物を奪い続けたやつがいる。

大戦中、ギードが接触した帝国の軍人がそう漏らしていた。

『俺にとってみれば、アンタのとこの軍人より、ソイツの方がよほど恐《こわ》かった。闇に乗じて拠点を奇襲し、散々に荒らし回って去っていくんだ』

彼は怯《おび》えるように身を揺すった。

『誰もアイツの姿さえ見ていない』

面白いな、と考えた。軍人でもない一般市民にそんな頭のおかしい人間がいるなら、ぜひともスカウトしたい。ボスも同様の噂を知っていたらしく、すぐに許可が下りた。

まだ見ぬ逸材に期待しつつ、夜の十時、街の中央を歩いた。

（そろそろ、出てくる頃か……？）

ぼんやりと立って、相手がやってくるのを待つ。

事前に目撃情報は集めている。この街の戦災孤児たちから話は聞いた。戦争で親を殺された子どもたちは、行く当てもなく、食べ物を探しながらギリギリの環境で生きている。

『モンスターだよ』

子どもたちは口々に教えてくれた。

声は怯えるように震えていた。

『誰も姿を見たことがない。目が合ったら殺されるから』

『ただアイツが近づくと、カタカタって金属が引きずられる音がする……』

『大人を滅多打ちにするの。骨が潰れるような音が、ゴッゴッて鳴るの』

『夜、時々月に吠《ほ》えている。まるで獣みたい』

思い出すだけで、何人もが顔を青ざめさせて涙ぐんでいる。

だったら退治しねぇとな、と笑いかけたところ、子どもの一人が言った。

『でも、食べ物を分けてくれる』

子どもはぽつりぽつりと教えてくれた。

『ボクたちが暮らしている場所に、よくパンを置いてくれる』

『わたしたちを連れ去ろうとする悪い大人も追い払ってくれる』

『でも、やっぱり恐いんだ。カタカタッてアイツの音が鳴ると、みんなで隠れるんだ。アイツは、血の臭いを漂わせているから』

荒廃した街に生きる戦災孤児にとって、恐怖の対象と同時に、崇拝の対象らしい。

付いた渾名《あだな》は――『塵《ごみ》の王』。

瓦礫の城に君臨する、ひとりぼっちの王様。

『……興味が湧いたよ、実にな』

ギードは彼らと後日保護する約束を交わし、王様に会う手段を聞き出した。

かくして瓦礫に囲まれる、夜道に立ち続けている。

（さて、望み通りに食べ物持参で来てやったが、どうだ……？）

『塵の王』の住み家は判明していない。加えて、帝国軍人も戦災孤児も、誰もハッキリと見た者はいないので姿も判明しない。襲ってくるのを待つしかない。

（……来た！）

金属が引きずられるような音が響いてきて、突如、消える。

暗闇に紛れるように人影が飛んできた。こちらの位置を正確に捉えている。

（そして――疾《はや》いっ!!）

相手は無音の足捌《さば》きで、ギードの後ろに素早く回り込んでいる。金属の音のみに反応したら、仕留められる。それが何度も陸軍拠点の奇襲を成功させたカラクリか。

「が――甘《あめ》ぇ」

「――――っ！」

振り向きながらのカウンターで、相手の頬に裏拳をヒットさせた。

夜目が利《き》くのはギードも同じ。

手ごたえは思いの外、軽かった。相手は呻《うめ》き声をあげながらも着地し、すぐさまにギードから距離を取る。

その動きに思わず感心する。

「お、受け身をとったか。身のこなしが軽いようだが――」

言葉は途中で止まった。

軽いどころではない。少なくとも大人を殴った感覚ではなかった。

目の前で苦しそうにバールを構えている人物を見て、驚愕《きょうがく》する。武器や動きから見て、彼が噂の人物であるのは間違いない。

――『塵の王』の正体は、年端《としは》も行かない少年だった。

まだ十歳程度。あどけなさの残る長髪の少年が、鬼気迫る目つきでギードを強く睨《にら》みつけている。殴られたことに衝撃を受けたように、顔を赤くしている。

その事実を呑《の》み込むのに、数秒の時間を要した。

「…………やめだ」

ギードは両手をあげ、敵意のないことを示した。

「どう考えても養成学校に収まる器じゃねぇな。あまりに規格外だ」

ギードは背負っていたカバンからパンを取り出し、差し出した。

少年は意図が分からなかったようで、バールをパンに向かって振り下ろす。ギードは見切って、かわす。数度繰り返すうちに、少年はギードに敵意がないことを察したように、バールを地面につけた。

ギードは口にした。

「――『焔』に来い。そこが、お前が生きるべき場所だ」

少年は意味が理解できなかったように、ギードを見つめ返している。

が、空腹に抗えなかったのか差し出されたパンを受け取ると、すぐさま齧《かじ》りついた。あっという間に半分ほど飲み込み、もう半分はポケットに入れる。

「全部食えよ」ギードは苦笑する。「もうあの子たちを守る必要はねぇ」

少年は不思議そうにギードを見つめ返した。

それが師弟の出会いであり、『燎火《かがりび》』のクラウスというスパイの誕生だった。

1章　《燎火《かがりび》》表　Ⅰ

終戦直後ディン共和国のスパイチーム『焔《ほむら》』は、変革期を迎えていた。

世界大戦の戦況を覆《くつがえ》した『焔』と言えど、戦争初期には大打撃を受けていた。ガルガド帝国での諜報《ちょうほう》活動に励んでいた二名のスパイ『熾盛《しじょう》』と『炸雷《さくらい》』が死亡し、先代ボス『炮烙《ほうらく》』は責任をとり引退した。

その後『紅炉《こうろ》』が新たなボスとなり、『炮烙』を説得し、再度チームに復帰させる。二人の女スパイが世界に名を轟《とどろ》かせる中、『炬光《きょこう》』のギードもまたガルガド帝国の支配下の地域で暗躍。続けて新たな二名『煤煙《ばいえん》』と『灼骨《しゃっこつ》』をスカウト。

大戦直後の中心メンバーは、五名。

――『紅炉』のフェロニカ。ボスであり『世界最高のスパイ』として謳《うた》われた女性。

――『炬光』のギード。ライラット王国の守護者『ニケ』と並ぶ、規格外の格闘家。

――『炮烙』のゲルデ。幾百の戦場を乗り越えた『不死』と呼ばれる狙撃手。

――『煤煙』のルーカス。双子の兄。数十のカジノを荒らし回った、天才ゲーム師。

――『灼骨』のヴィレ。双子の弟。兄と暗躍を繰り返した、未来を見通す天才占い師。

また大戦後、『焔』は人材確保のため、新たなスパイを二人、採用した。

『煽惑《せんわく》』のハイジ。フェロニカが見つけてきた、新時代の『焔』を担《にな》う少女。

そして、いまだコードネームを与えられない、元『塵の王』の少年である。

◇◇◇

ギードが少年を連れてきてから二年が経過した。

「いいいいいいいいやああああああああああああだああああああっ!」

少年の癇癪《かんしゃく》声が天高く轟く。

『焔』は、ディン共和国内の港町にある「陽炎《かげろう》パレス」と呼ばれる壮麗な洋館を拠点としている。かつては王族の隠れ家だった邸宅だ。

少年は――手がつけられなかった。

身体《からだ》の成長具合から十歳と判断され「クラウス」という名前がつけられ、二年が経過し、現在十二歳。かつての孤児の時代とは打って変わり、何不自由ない暮らしが与えられた。朝昼晩には食事も出る。清潔な服も寝室もある。地下には大浴場もある。

が、少年――クラウスはその全てを拒否していた。

今日はスパイとしての訓練をつけようとするギードから逃げるために「嫌だああああああああああ」と陽炎パレスの廊下を疾走している。

もちろん全力で追いかけるギードから逃げられるはずもない。

庭で追いついたギードは「このっ！」と彼の腕を摑《つか》み、無理やり押さえこもうとする。

それでもクラウスは身を捩《よじ》って、振りほどこうと試みる。

「暴れんな！　今日という今日は、スパイとして――」

「ふんっ」

クラウスは、ギードの腹めがけて本気の拳を叩《たた》きこもうとする。幾人もの大人を沈めてきた、必殺のストレート。

ギードはそれを避け、無防備になったクラウスの腹に拳を振るった。

「正当防衛っ！」

「ぐふぉっ」

大人げないカウンターは、クラウスの腹にクリーンヒット。

彼は口から唾液を零《こぼ》しながら、ふらふらと足をもつれさせ、くるりと横回転し、その場で崩れ落ちるように倒れていった。

庭に顔をつけて横たわり、ぴくりとも動かなくなる。

ギードは頭の後ろを掻《か》いた。

「あ？　また気絶させちまったか。大丈夫か？　さすがに加減が——」

「ふんっ！」

突如起き上がり、全力疾走するクラウス。あっという間にギードから離れていき、建物の中に消えていく。

本気で心配した隙をつかれたギードは「あのガキ……っ」と拳を震わせる。

クラウスは今日も訓練から逃げる。

そんな毎日が二年近く続いていた。

◇◇◇

クラウスは獣のような少年だった。

拾った当初、彼はあまりにみすぼらしい姿をしていた。大人から奪ったであろう、返り血と土でボロボロになった、サイズの合わない服。

ギードは彼に清潔な服を与えてやった。

「嫌だっ！」

が、クラウスはバールを振り回し、服を引き裂いた。


まずは身体を作ってやらねば、とギードはたくさんの食事を用意した。なにせ、少年はどこにバールを振るう力があるのか分からないほど痩せ、肋骨《ろっこつ》が浮き出ている有様《ありさま》だ。

ギードは料理を作り、テーブルマナーを教えるため、ナイフとフォークを彼に渡した。

「嫌だあぁっ！」

が、クラウスは食器を放棄。肉を直接手で掴み、食堂から去っていく。

もしかして気が立っているのでは、と寝室を用意したのだが——。

「いいいやあああだあああぁっ！」

クラウスに見せた直後、彼のためのベッドはバールで破壊された。

◇◇◇

とにかく会話さえままならない。

いずれ落ち着くだろう、と任務をこなしつつ、ギードは様子を見ていたが、一向にそんな気配はない。今日もまた彼は不潔な服を着て、風呂《ふろ》に入らず、屋根の上に持ち込んだ毛布で寝起きし、台所で直接齧れそうなものを食べ、訓練から逃げる。

ギードから逃げ延びたクラウスは陽炎パレスの屋根に上がり、二度寝を決め込んでいた。

さすがに呆《あき》れ果てるしかない。

「アイツ、どこまで手を焼かせるんだ……」

「今日も随分と騒がしいわね」

背後から優し気な声がかけられる。

フェロニカだ。『焰』のボス――コードネーム『紅炉』。

美しい紅髪を伸ばした女性で、歩く度に揺れる紅髪は、立ち上る炎を思わせる。明らかにただ者ではない雰囲気は、二十六歳という歳《とし》には似合わない。口元には優し気な微笑《ほほえ》みを湛《たた》えているが、瞳の奥には窺《うかが》い知れない力を宿している。

「ボスっ?」

彼女を見て、ギードは愕然《がくぜん》とした。

その両眼の下には濃い隈《くま》があり、肌に生気が感じられなかった。

「おいおい、どうしたんです、その隈。まさか、一睡も——」

「そんなところね」

フェロニカが苦笑して小さく欠伸《あくび》をした。

「また陸軍派と海軍派で対立があってね。そのシワ寄せが私のところにくるから、たまったものじゃないわ」

「………そうですかい」

現在、対外情報室は多忙を極めている。戦後の平和条約の締結に向け、少しでも有利な条件を引き出すための工作を進めなければならない。その一方で養成学校の創設や、各省との連携、治安維持のための国内の任務も多くある。

現在『焔』は、『炮烙』『煤煙』『灼骨』の三人を国外に派遣している。フェロニカの負担は計り知れない。

普段は化粧で隠している、右目の下の傷もハッキリと見えていた。

「それに、ハイジの指導もあるしね」

ハイジの教育係は、フェロニカの役目だった。

そちらは順調らしいので、ギードとしても立場がない。

「どう？　クラウスが任務に挑めるまで、まだ時間がかかりそう？」

「今日もあの様ですよ」

クラウスは既に屋根の上で、眠りについていた。

生活当初は屋根から落ちないか心配したが、本人は慣れているらしく安定している。

「…………」

フェロニカは、そんなクラウスをじっと見つめている。

「ボス？」

「いや、あの子を見ているとね――」

声が次第に小さくなり、よく聞こえなかった。

「…………どうしたものかしら、ね」

溜《た》め息と等しい、声音だった。まるで遠くを見るような目をクラウスに向けている。何か失《な》くしたものを思い浮かべるような、瞳。そこに微《かす》かに混じる冷たさ。

ギードには感情の理由に察しがついたが、何も言わなかった。

彼女から伝わるうっすらとした憂鬱を感じ取り、僅かに息を呑《の》む。

「……すぐに別の手立てを考えます」

ギードは小さく頷《うなず》いた。

「養成学校に連れて行くことを含めて、何か――」

「私に気を遣って、厳しくしなくてもいいのよ？」

フェロニカがからかうように目を細める。

「――かといって、私はギードほど甘くもないけどね」

「…………」

言葉の真意は読み取れない。

ほぼ同時期に『焔《ほむら》』にスカウトされたギードであったとしても、彼女の考えはいまいち読み取れない時がある。彼女がボスになって以降は、特に。

（……なんにせよ、これ以上、ボスの負担は増やせねぇな）

多忙を極める『焔』にとって、優秀な人手は喉から手が出るほど欲しい。

しかし、そのための人材はいまだ育っていない。

世界大戦直後の二年――それは『焔』にとって、忍耐の時期でもあった。

◇◇◇

午前中はクラウスの訓練を諦め、昼間にはギードも任務に出た。

ディン共和国の外務省職員を手駒にするため、フェンド連邦からスパイがやってきたのだ。抜け目のないやつらだ、と感心しつつ、拘束。相手との交渉用のカードとする。

首都から戻ってくる頃には、もう深夜になっていた。

クラウスは既に眠ってしまったらしい。屋根の上で毛布に包《くる》まっている人影が見えた。

広間の明かりはついていた。中央にキャンバスが置かれ、その前に一人の少女が立っている。

彼女は広間に入ってきたギードを嬉《うれ》しそうな笑顔で出迎えた。

「今日も随分と遅いお帰りじゃないか。お父さん」

「お父さんって――」

慣れない呼び名に肩をすくめる。

――『煽惑《せんわく》』のハイジ。

今年で十六歳になる、クラウスの四個上の少女。新雪のような真っ白の肌と髪、そして瞳。かなり色素の薄い体質らしい。痣《あざ》も傷もない、美しい肌を見るたびに、まるで夢の世界の住人と会っているような、不思議な感覚に襲われる。

が、その彼女の姿を見て、ギードは顔を手で覆った。

彼女は一糸まとわぬ姿。

つまり全裸で直立していた。

「服を着ろ」

「ワタシのことはいいじゃないか」

「良くねぇ」

「それより、ワタシをあの小僧と二人きりにしないでくれよ。虫唾《むしず》がはしる」

マイペースに語り、露骨に眉をひそめるハイジ。『小僧』とはクラウスのことだろう。

とりあえずギードは近くに脱ぎ捨てられていた服を投げつける。

ハイジが納得いかない顔で服を着ている間、ギードは正面にある絵に視線を移す。

「この絵………」

「どうだい？　見ているだけで、実に不愉快になるだろう？」

八号のキャンバスに描かれたのは、抽象画だ。

悪趣味、という言葉を連想する。泥と血が混じったような、言いしれない色の螺旋《らせん》が無数にある。渦同士が複雑に絡み合い、正面にいるだけで呑み込まれそうだった。

「悪くない出来みたいだ――」

ハイジの満足げな声が聞こえてきた。

「――お父さんみたいな達人の意識を、数秒逸《そ》らすことができた」

「…………っ」

言われるまで、ハイジを意識から消していた事実に愕然とする。

振り返ると、イタズラを成功させたと得意げなハイジの表情があった。

――人の感情を操る、芸術。

フェロニカが認めた、ハイジの異能だ。料理、文芸、絵画、音楽。それらを駆使し、人を操れる。十六歳という年齢ながら、彼女は既にそこらのスパイには真似できない常識外の技術を有している。天才という他ない。

彼女は勝ち誇るように笑み、ソファに座り込んだ。

「『焔』の新入りは、ワタシだけで十分じゃないかな？」

「どんだけ自信があるんだよ、お前」

「ワタシが二人分になろう。あの小僧はクビにするといい」

凄《すさ》まじい自己肯定感に思わず呆れてしまう。

どう答えたらいいか、と考えていると、彼女は「あぁそうだ」と微笑みかけてきた。

「実はその小僧の処遇について、お母さんから伝言を預かっている」

「伝言？　そうか、今日は帰れないか」

ハイジはフェロニカのことを『お母さん』、ギードのことを『お父さん』と呼ぶ。

フェロニカが帰れないのは珍しいことではない。この国では二十四時間、誰かが彼女を必要としている。

ハイジが無表情に口を開いた。

「――『クラウスを任務に連れて行け。価値を示せないなら追い出せ』」

「あ？」

聞き間違いに感じられ、問い返す。

「おい待て。本当にボスが言ったのか？　嘘《うそ》だろう？」

あまりに乱暴な指示だ。確かにクラウスの進退は、いずれ考えなければならない問題だ。

だが、そんな重要事項を人伝《ひとづて》に言い渡すなど彼女の性格上ありえない。

確かに昼間は微《かす》かな迷いがあったが、にしても突然すぎる。

「批難する気かい？」

ハイジは強く睨《にら》み返してくる。

「あんな疲労困憊《ひろうこんぱい》のお母さんの姿を見て、その判断が間違っている、とでも？」

声にはただならぬ憤怒《ふんぬ》の情が宿っている。心底からフェロニカを心配し、クラウスを毛嫌いしている表情。拒否すれば、ここでギードと一戦交える覚悟さえ感じさせた。

恐れることはないが、その感情は尊重する。

「…………いや、もっともだ」

引き下がったのはギードだった。間違いなくハイジの虚言だろうが、内容はもっともだ。

ボスの懐《ふところ》の広さに甘え続けるわけにはいかない。

あえて信じてやることにした。

「どっちにせよ、そろそろアイツは価値を示す頃合いだ」

無理ならば『焔』から追い出すしかない。あまりに身勝手な都合だとしても。

この痛みに満ちた世界は、彼の成長を待っていられるほど優しくはない。

◇◇◇

翌朝、ギードは手早くクラウスを捕らえると、車に放り込んだ。

寝起きの少年を全身縄でぐるぐる巻きにして後部座席に転がし、ギードはそのまま軽快に首都まで車を飛ばした。さすがにギードが本気を出せば、拘束は訳もない。

「ゆ、ゆうかい………」

「人聞き悪いことを言うな」

クラウスの抗議を、ギードは手を振っていなす。

傍《はた》から見れば、どう見ても児童誘拐だが、見咎《みとが》める者はいなかった。

首都に近づいたところで、ギードは後部座席に語りかける。

「首都リーディッツの方で、ギャングが跋扈《ばっこ》している」

「………？」

「今の首都は混沌《こんとん》に陥っている。所有者が亡くなり、持ち主不明の建物や土地がたくさんあってな。そういう場所をギャングどもが占拠し、悪徳な金稼ぎを始めた」

説明するまでもなく大戦の影響だ。

現在、首都には身元不明者が多く移り住んでいる。行政は復興事業を始め、できる限りの住居と仕事を与えようとしているが、数は足りず、悪党に堕《お》ちる者も数多くいる。

「同情の余地はある。自分の仕事場が砲弾を喰《く》らっても、農地を踏み荒らされても、人は食っていかなきゃいけねぇ。けど人の道を大きく逸れた者は――狩るしかない」

無論犯罪者と言えど、スパイの独断で処罰は下せない。法に基づいて、裁判を受ける権利はある。

しかし中には、その枠から外れた者がいる。息を吸うように犯罪を繰り返し、殺人に躊躇《ちゅうちょ》がなく、悪の道に走ってしまった者。

ギードには、そのギャングたちを秘密裏に処する使命が与えられていた。

「それは……」

後部座席から疑問の声が聞こえてくる。

「アレの……それじゃないの……？」

「……『治安維持は、警察や軍隊の役割じゃないのか』っていうことなら、その通りだ。スパイの仕事じゃねぇ」

クラウスの言葉を翻訳して、返答する。

二年を過ごし、僅かながらコミュニケーションが取れるようになった。

「ただ、一部には警察も手に負えねぇ奴《やつ》らがいる」

目的地に辿《たど》り着いたので、ギードは車を止めた。

まだ復興が行き届かず、戦争の傷跡が残る、半ばスラムと化した街の一角。無数のギャングが集まっている、最悪のエリアだ。

「同胞が『不可能』を判断した時、俺たちが出る」

ギードは、クラウスの縄を断ち切る。

「──国を守るため『不可能』を覆《くつがえ》す、それが『焔《ほむら》』だ」

ある意味では諜報《ちょうほう》機関さえも超越する存在。

それを改めて説明する理由は、これがクラウスの初任務だからだ。

スカウト以来、ギードは彼を任務から遠ざけていた。実力不十分で、ロクに指示にも従わない十二歳の少年を任務に連れ回すのは、あまりに危険すぎる。

だが、もう試験の時。

曲がりなりにも二年間、ギードと争い続けた。テーブルマナーはともかく、マシな食事は与えられている。最低限の戦闘技術を備え、身体能力は向上しているはずだ。

クラウスは己の価値を証明しなくてはならない。

ギードは、車に積んできた、彼が愛用するバールを差し出した。拳銃の扱い方を教えていないので、これがもっとも相応《ふさわ》しい得物だろう。

「お前には、俺の手伝いをしてもらう。この地域一帯を根城にするギャングの取り締まり。成果を挙げられたら、そうだな……例のチーズケーキでも食わせてやるよ」

「…………っ」

クラウスは一瞬、目を見開いた。

チーズケーキは、彼を手懐《てなず》ける最終手段だ。過去に一度だけクラウスに与えたことがある。おそらく生まれて初めて甘味を食べたであろう彼は感動し、一人で『焰』全員分のケーキを平らげた。

クラウスはかくかくと頷《うなず》いた。

「ただ、俺の視界から離れるなよ」

交渉成立したようで安堵《あんど》しつつ、ギードは助手席の荷物に手を伸ばした。

「万が一に備えて、発信機も持っていけ。肌身離さずに——」

ギードがそう後部座席へ視線を戻した時だった。

——クラウスの姿はもうなかった。

無人の座席があるだけ。バールもない。まるで魔法のように音もなく、後部座席の扉を開けたらしい。

見間違いと信じたかった。

「逃げやがったあああああああああああああっ⁉」

ギードは悲鳴をあげる。

二年間、格闘の達人から逃げ続けた少年の逃走技術は神業の域に達していた。

◇◇◇

クラウスはギードの言うことを聞かない究極の問題児。

彼の歪《いびつ》さは『焔』の他メンバーも察しており、何度か話し合いが行われていた。中でもハイジは強く嫌悪《けんお》し、何度もギードに小言を伝えていた。

『あの小僧、もう十二歳なんだろう？』

見下すような声音で伝えられる。

『お前も小娘だろ』というギードのツッコミは通じない。

『常識がない事実は、この際目を瞑《つぶ》ってやる。だが、まともに会話ができないのは見過ごせない。あの言語能力の発達の遅さは、教育の問題というより――』

明言は控えたらしい。

だが言わなくてもギードにはハッキリと理解できた。身体能力の発達に比べ、明らかにコミュニケーション能力の発達が遅すぎる。六歳児だってもっと会話ができるはずだ。

ハイジは鼻で笑う。

『なんにせよ、スパイとして致命的なのだよ。すぐにクビにするといい』

どれだけクラウスが嫌いなんだ、と呆《あき》れるほどの物言いだ。

日中、彼と同じ屋根の下で過ごしているせいで、不満は尽きないらしい。芸術道具をオモチャ代わりに扱われ、壊されることもあったようだ。

『お前の意見が全部、間違っているとは言わねぇけどな』

彼女の感情を尊重しつつ、ギードは伝える。

『俺が見つけた未来を、これ以上貶《けな》すな』

一見、スパイには向かない少年。

しかし彼が秘めている可能性を、ギードは信じ続けていた。

◇◇◇

逃走したクラウスを見つけるまで十二分強。

ギードが発見に時間を要したのは、クラウスが任務から逃亡していると思い込んだからだ。いつものように日当たりのいい場所で昼寝を決め込んでいると予想し、高い場所や公園を探していたが、背後から銃声が聞こえて、すぐに理解した。

クラウスの行動は予想を超えていた。

誰が予想できよう？

十二歳の少年が、たった一人でギャングのアジトに襲いかかろうなど！

裏路地に辿り着いた時には、流血して昏倒《こんとう》するギャングたちが無数に転がっていた。

気絶している男たちの手には刃《やいば》だけでなく、拳銃も握られている。その程度の武器では意味をなさなかったようだ。

裏路地の奥にある建物から、何発もの銃声が響いてきて、それが次第に止《や》んでいく。

ギードがその最上階に辿り着いた時には、全てが終わっていた。

「………………これでいい？」

最上階の部屋には、返り血に染まったクラウスが立っていた。

部屋に転がっているのは、六人のギャング。気絶している。殺しはしていないようだが、いくらかの後遺症が残るような、躊躇ない暴力を受けている。

ギードが狙っていた幹部格の男たちが、一瞬で打ちのめされていた。

裏路地にいたギャングたち含め、総勢三十名。

クラウスは無差別に、目につく全てを襲ったらしい。所属、階級、性別さえ関係なく、バールで殴ったようだ。結果的にそれは正解だったとはいえ、あまりに躊躇がない。

「……お前はこれを一人で？」

「うん」

額には汗一つなく涼し気。

クラウスは、あ、と思い出すように口を開けた。

「さっき、いた」

「誰が？」

聞き返すが、クラウスは言葉に困っているように何も言わない。どう説明すればいいのか戸惑っているようだ。

「…………………？」

ギードにもよく分からない。

知り合いでもいたのかもしれないが、クラウスの方が諦めたように説明をやめてしまった。血で濡《ぬ》れたバールの先端を、横たわる男の服で拭い、部屋から出ようとする。

「お腹《なか》が減った。帰る」

「お、おぅ」

「二倍、働いた。だから、チーズケーキ。二倍」

「……それが目的で抜け駆けしたのか」

意外すぎる理由に呆れる。

だが、彼が任務に貢献したのは認めるしかない。色々と説教したい点はあるが。

――クラウスはスパイとして無限の可能性を秘めている。

それが証明された事実が、妙に嬉《うれ》しくギードは口元を緩めている。

「クラウス」

「ん?」

「寄り道せず、まっすぐ帰れよ。俺はまだ用がある」

ギードが帰りの汽車賃として小銭を投げると、キャッチしたクラウスはすぐにその場を離れていった。

ギードには後始末があった。

クラウスが去っていった部屋で、改めて倒れている男たちを観察する。

(……クラウスが蹴散らしたのは、部下か。首領は不在だった……?)

倒れている中には、もっともマークすべき人物がいなかった。

とりあえず無線を発信し、懇意にしている警察官に通信を飛ばした。あとは警察が駆けつけ、倒れているギャングたちを逮捕していくだろう。

しかし、この程度の人間ならば警察だけでも対処できた。

このアジトに警察が踏み込めなかったのは、警察さえも慄《おのの》くギャングが存在したからだ。

（『人食い』の首領──『癘魔《れいま》』だけは、確実に仕留めねぇと）

ギードは拠点を漁《あさ》り、彼の居場所を探ろうとしていく。

◇◇◇

『癘魔』──そのギャングの名を、クラウスが聞くことはない。

クラウスは何も知らない。『人食い』という名さえ教えられず、そもそも任務という認識もなく、彼はこの日の任務を終えている。

だが、後の人生において、その存在と大きな接点をもつ。

『癘魔』には、三人の子どもがいた。

その長女は後に──『百鬼《ひゃっき》』のジビアという名前が与えられる。

◇◇◇

「――何も与えない。奪い方だけを教えろ」

それが『癘魔』の教育理論だった。

知的好奇心を満たすために女と交わり、そのまま産まれた子どもに教育を施した。

趣味であり、娯楽。なにより研究だ。

理想の教育を施した時、人はどんな成長を遂げるのか実験したかった。

愛はない。三人の腹違いの子どもの世話は部下に任せていたし、子どもに殴られた痣《あざ》があろうと、何も言わなかった。ただ二日に一度、彼は子どもの前に現れ、暴力を教え込み、最年長の娘には奪い方を授けた。

それはある意味で、究極の研究。彼の人生は常に研究に捧げられている。

「人は本能的に飢餓感を有している。その本能を尊重するだけでいい」

あるアジトの地下に、三人の子どもたちを監禁する部屋があった。『癘魔』は両腕が骨折した男を連れ込んだ。痛みに呻《うめ》く男を三人の子どもに見せる。『人食い』に刃向かった者の末路。

『癘魔』は楽しそうに、怯《おび》える長女にナイフを握らせた。

「――人を殺してみるといい」

長女はまだ九歳。

当然、人を殺したことなどない。長女は震えるように首を横に振った。

『癘魔』は耳元で説く。

「じゃあ、後ろにいる弟と妹に任せるか？　家族想《おも》いの良い姉だ」

両腕を折られた男は涙を流しながら、怯えている。彼は精一杯に抵抗するだろう。事前に『子どもを殺せたら、逃げていい』と伝えていた。

両腕を折られたとはいえ、九歳の少女を蹴り殺すなどわけがない。当然、背後にいる七歳と六歳の子どもなど、簡単に踏みつぶせる。

守れるのは、長女だけだった。

「やり方は、教えた」

「あああああああああああああああああああぁっ！」

『癘魔』の言葉と共に、長女は雄たけびをあげて走った。

男はカウンターを食らわせるように蹴りを放とうとするが、長女の姿を見失う。まるで認識できなくなったように視界から消えた少女に戸惑う。

少女は男の背後に回っている。

勢いをつけ、全体重を使って太腿《ふともも》にナイフを突き立てる。

「――――っ」

男は絶叫しながら、その場に崩れ落ちた。ナイフは太腿に浅く刺さった程度だが、バランスを崩すには十分。両腕は使えず、頭から床に転倒する。

少女はナイフを手放し、悲鳴をあげ、後ずさりする。

返り血が彼女の腕をべったりと濡らしていた。

「……こ、これでっ、もう」少女は舌足らずな声で言った。「もう、だ、だいじょ――」

「論外」

『癘魔』は倒れた男の後頭部を射撃し、その後で長女の顔を蹴り上げた。

少女の身体《からだ》は浮き上がり、壁に激突する。彼女の妹と弟が涙まじりの悲鳴をあげた。

「オレは『殺せ』と伝えた」

『癘魔』は部屋の前で待機させていた部下に伝える。

「起きたら躾《しつ》けておけ。アイツは失敗作かもしれない」

落胆が込められた声。

首を横に振り、泣き震えている次女と長男の方に視線をやる。

「次に懸けるか」

床に這《は》いつくばった少女が息を呑《の》んだが、『癘魔』の視界には入らない。

彼は興が醒《さ》めたと言わんばかりに、自身のアジトから離れていく。次なる真理を求めて、荒廃した街を進む。


世界大戦により全てが破壊された街は、『癘魔』に享楽の道を進ませた。

——何をしても、世界に蹂躙《じゅうりん》され、人は死ぬ。

現実を目《ま》の当《あ》たりにし、彼は人間であることをやめた。かつての組織を抜け出して、私利私欲のためにあらゆる時間を費やした。気に食わないものを破壊し、対立する者を殺し、金を奪い、女を抱き、そして自身の教育理論を研究し続ける。

ただ飢餓感に従い続ける。他に価値など見出《みいだ》さない。

ディン共和国首都に生まれた、手がつけられない怪物だった。

◇◇◇

そんな怪物が蠢《うごめ》く街で、クラウスはぼんやりと散歩を続けていた。

『寄り道せず、まっすぐ帰れよ』というギードの指示には、ある事情のため従わなかった。

加えて、帰ることに前向きな気持ちはなかった。

（あそこは……気持ち悪い………）

裏路地をあてもなく歩きながら、憂鬱に苛《さいな》まれている。

這いずる小汚いネズミを、懐《なつ》かしさを感じながら目で追いかける。あの壮麗な洋館には、ネズミなどいない。国内最高のスパイチームが身体を休める場として、潤沢な管理費が与えられている。

その充実がクラウスには息苦しい。

――少年には、両親の記憶はない。

捨てられたか、殺されたか。戦争で荒廃した街に生きてきたことで『戦災孤児』という扱いをされたが、果たして両親が亡《な》くなったのかも定《さだ》かでない。

自ら忘れた。

無意識に『忘れる』という選択をした。そうでなければ、生きていけなかった。二度と手に入らない存在を想っても、腹は満たされない。バール以外の武器を持たない少年が帝国陸軍から食糧を奪い続けるために、寂寥《せきりょう》はもっとも無駄な感情だった。

少年は過去を全て忘れ、物を奪うだけのモンスターと化した。

だから分からない――ギードたちの存在が。

食べるものも、着るものも、暮らす場所も、全て自分で奪い取ってきた。何もしないのに与えられる全てが気味悪い。

自分は――なんのために、あの場所に留《とど》まるのか？

クラウスは胸を締めつける不快感に苛まれながら、路地を歩く。

ふと足を止める。

（あ、でもチーズケーキが……）

ご褒美《ほうび》を思い出し、頭を悩ませる。

陽炎《かげろう》パレスに戻りたくはないが、そうでなければあのチーズケーキは得られない。ギードに連れていってもらわなければ、店の場所も分からないのだ。

　さてどうしたものか、と考えた時、クラウスは背後の殺気に気づいた。

　本能で身を捩《よじ》る。

　顔スレスレを白刃《はくじん》が過《よぎ》った。

「――――っ‼」

「避けるか」

　クラウスはすぐさまに飛びのき、襲撃者を見据え、バールを強く握った。

　目の前に、白髪の男が立っていた。

　その目つきを見て、ゾッとする。人を喰《く》い殺す悪魔を連想した。大きく目尻が吊《つ》り上がった細目に、血の色に似た赤色を帯びた瞳。上下の黒スーツには汚れ一つ見えないが、なぜか鼻を覆うほどの血の臭いを感じ取った。

「さっき死にぞこないの部下がやってきた」

　男の手には、真っ白のナイフが逆手で握られている。

　先端は血で濡《ぬ》れていた。頬を切られたのだ、とそれを見て気がつく。

「『バールを持ったガキにアジトを襲われた』んだと。にわかに信じがたいが、ソイツ自身、頭を砕かれていて、すぐにくたばった。そしたら、ちょうど目の前にお前が来た」

　男は取り出したハンカチで血を拭い、クラウスを見た。

「が、そんなことはどうでもいいんだ」

「……？」

「最高の料理に蠅《はえ》が止まっていたら、どんな気持ちになる？　世界一の名画に一滴の泥が飛んでいたら、どんな心地がする？」

彼は疲れたように息を吐いた。

「残念な気持ちになるだろ」

クラウスは地面を強く蹴りつけ、バールを片手に襲い掛かった。

相手の言葉は呑み込めなかったが、自分を殺そうとしていることは明らか。それをただ待つ少年ではない。

しかし、突如目の前の男が消えた。

ずっと目で捉えていたはずなのに、認識できなくなる。ありえない事態に困惑する。

次の瞬間、男はクラウスの身体の横側に立っていた。

バールを空振りし、無防備になった腹に、男の膝蹴りが突き刺さる。

「ガッ――」

「お前は、傑作の成り損ないだ」

鳩尾《みぞおち》にクリーンヒットし、クラウスの呼吸が止まる。腹を蹴られたにもかかわらず、頭がフラッシュしたように真っ白になる。

（今――なにが――）

手足から力が抜け、その場に倒れ伏した。

バールが地面に落ち、乾いた音を鳴らす。

「惜しいよ。純粋な飢餓感に、不純物が混じっちまった」

なす術《すべ》がない。

男――『癘魔《れいま》』が頭上でナイフを握る気配を感知していたが、まるで全身の神経が失われたように、身体は動かなかった。一瞬で身動きが封じられた。

「これ以上台無しになる前に、きっちり処分してやる」

自分が何をされたかさえ分からぬまま、クラウスは首を貫かれようとしていた。

◇◇◇

クラウスが『癘魔』と対峙《たいじ》する数分前、裏路地を白髪の少女が駆けていた。

『癘魔』の長女だ。地下の部屋に監禁されていた彼女だったが、突如、物音が響き、アジトに見張りがいなくなったことを察した。

おそるおそる顔を出すと、無数のギャングたちが意識を失い、くたばっていた。

理由はよく分からないが、このチャンスを逃す手はない。でなければ弟と妹が父に苦しめられる。そう思い彼女は建物を抜け出した。息を切らしながら、街を疾走する。

「確か、こっちか……っ？」

何回か外に出たことはある。その度に引き戻され、凄惨な暴力に晒《さら》された。

記憶を辿《たど》ってギャングたちが群がる路地を抜ける。大通りまで出たところ、通行人とぶつかりそうになった。

「おっと、お嬢さん。大丈夫？」

優しそうな男性の声だ。

顔を見ている暇はない。富裕層のような整った身なりをしている。品のいい花の香水の匂いがした。その香りに惹《ひ》かれるように、彼女は声を発していた。

「け、けいさつ………」

「……？」

「早くっ、警察に行かないと……っ。アイツらが……っ！」

誰でもいいから、とにかく伝えなければと訴える。

ぶつかったばかりの大人は、こちらを労《いた》わるように膝を曲げ、目線の高さを合わせてくれた。金髪《きんぱつ》の端整な顔つきの青年だ。

「警察？　交番は目の前だよ」

「アイツらじゃダメだ。親父《おやじ》には逆らえない……っ！」

彼女は、父親がすぐに戻ってくるかもしれないことを必死に訴えた。

「早く……！　じゃないと、弟や妹まで……っ！」

「強いお姉ちゃんだね」

青年は全てを察したように、肩を叩《たた》いた。

「警察署は、この道をまっすぐ行けば辿り着くよ」

情報を得られると同時に、少女は駆け出した。体力を限界まで振り絞るように、大通りを北へ進んで行く。

青年は少女を追いかけることなく、その背中を見送った。

「ごめんね、送ってあげられなくて。すぐに連絡を取った方がよさそうだから」

青年はカバンから無線機を取り出し、知人に連絡をした。

たった今見聞きしたことを伝え、すぐに人を派遣できないか、と相談する。幸い、青年の上司が現場にいる、と知らされた。

「やれやれ、ちょっと帰国したら、突然巻きこまれちゃったな」

青年は苦笑しながら、裏路地の方に足を進めた。

彼は直接、ギャングの争いに関わることはない。格闘は不得手であったし、なによりも自分の出る幕などない、と判断した。あの人がいるなら何も問題はない、と。

「ま、これも――極上だね」

ラベンダーの香りを纏《まと》う青年――『灼骨《しゃっこつ》』のヴィレはそう満足げに頷《うなず》いた。

◇◇◇

クラウスの首筋にナイフが当たる寸前だった。突如、身体《からだ》が抱きかかえられ、乱暴に投げ飛ばされた。

尻もちをつきながらクラウスは唖然《あぜん》とする。

思わぬ闖入者《ちんにゅうしゃ》に、ナイフを握っていた『癘魔』もまた目を見開く。

その者は、あまりに速かった。動体視力に自負のあるクラウスと『癘魔』でさえ、捉えきれないほどの速さの男は、そのまま風のように消え、距離を取っていた。

「おい、バカ弟子。俺は『まっすぐ帰れ』って言ったよな?」

ギードが呆《あき》れたように頭の後ろを掻《か》き、クラウスを見下ろしていた。

呆気《あっけ》に取られたまま、クラウスは答える。

「汽車の乗り方、分からなかった」

「…………そいつは俺が悪かった」

非を認め、肩を落とすギード。雑な扱いを反省しつつ『癘魔』を見据える。

「なんにせよ、間一髪だ。まさか、あのインチキ占い師から情報が入るなんてなぁ」

『癘魔』は現れたギードを見て、不愉快そうに眉を顰《ひそ》めた。

「なるほど、アンタが与えた者か」

「あ？」

「残念なことをする。この子は飢えて、ここまで成長してきた。阻害するなよ」

強い嫌悪感《けんおかん》を滲《にじ》ませ、吐き捨てる。

「この子を衝《つ》き動かしてきたのは、飢餓感だろうに」

「…………………」

何度聞いても、クラウスには意味が分からなかった。

だが声に混じる怒りで、なんとなくは呑《の》み込める。

荒廃した街で、自分は強さを得られた。命がけで帝国陸軍から食糧を盗み、必死に生きながらえていた。両親の記憶さえ捨て、他者から略奪を続けるモンスターと化した。

――それは『癘魔』の理想とする教育の完成形。

他者を蹂躙《じゅうりん》するために存在する、彼の長女――後に『百鬼《ひゃっき》』のジビアを名乗る少女に辿り着かせたかった場所。研究の最終地点。

対して、ギードは静かに笑った。

「的外れがすぎる意見だな。俺たちが何かを与えていると？　真逆だ」

「は？」

「俺たちはな、与えてもらっている側だ」

力強く告げる。

「ボスと約束した――未来だよ」

『癘魔』は意味が全く摑《つか》めずに瞬《まばた》きをしている。

ギードはそれ以上の問答を求めず、腰元に下げている刀を鞘《さや》から抜いた。ギャングの教育論など興味はない。ただ良い機会だ、と感じていた。

背後のクラウスに語りかける。

「見ておけ、バカ弟子。お前が辿り着き、やがて超えなきゃならねぇ到達点だ」

「…………っ」

クラウスが息を呑むのと、『癘魔』が激昂《げきこう》するのは同タイミング。

「だから『与えるな』と言っているだろ……っ！」

彼はナイフを逆手に構え直す。腰元には拳銃もあったが、無意味だと察した。

暗殺において『癘魔』は純然な実力を有している。警察では手に負えないほどの怪物。

国内の名だたるスパイも殺されていた。彼もまた一つの悪の境地に達している。

『癘魔』は必殺の技術を有している。

「――――っ」

百人以上の人間を惨殺《ざんさつ》して、身につけた秘技――相手の認識を殺す。殺気を放ち続け、
相手に多大な緊張を与え、精神が疲弊した瞬間に動きだす。

相手は混乱と恐怖で思考が途切れ、『癘魔』の姿を一切認識できなくなる。

後に『百鬼』のジビアが「窃盗」という特技に昇華させる技術。

「…………失《う》せろ」

『癘魔』はギードの認識の死角を突き、接近を果たしていた。その首の頸動脈《けいどうみゃく》に向け、
無駄のない突きを繰り出す。

ギードの首が裂け、血が飛ぶ。

クラウスはその光景を、目を見開き、目撃していた。

先制攻撃を繰り出したはずの『癘魔《れいま》』の敗北をじっと見つめている。

「見切った」

ギードは待っていた。

相手が実力全てを出しきる瞬間を楽しむように。命のやり取りさえ、自らを高める糧《かて》として味わうように。

――『癘魔』の右腕が落ちていった。

クラウスは、ギードが振るった刀の太刀筋《たちすじ》さえ見ることができなかった。ただ『癘魔』の手首が少し遅れて斬られたことに気づくように、僅かの空白の後に一気に血が噴き出す様を見つめ、ギードの刀の仕業だと理解する。

「…………………っ」

桁違いの武力に、クラウスは言葉を失っていた。

自身の目の前にいる男の大きさに、初めての衝撃を受ける。

「帰るぜ、クラウス」

ギードは気を失った『癘魔』に止血を施し、己の首筋を拭った。幸い軽傷のようだ。

「戻ったら訓練の続きだ」

向けられた笑顔に、クラウスは拒否することを忘れてしまった。

◇◇◇

後に『癘魔』の長女は警察署に辿り着き、アジトの場所を密告。助けを求める。警官が彼女の弟や妹を保護し、生き残っていた『癘魔』含む『人食い』のメンバーは逮捕される。

保護された子どもたちは孤児院で穏やかに暮らすが、特殊な技能を習得していた長女は後日、対外情報室のスカウトに見込まれ、スパイ養成学校に通う。それが弟妹《きょうだい》との一生の別れになるとは知る由《よし》もなく。とある事件を契機に彼女には『百鬼』の名が与えられる。

◇◇◇

残念ながら訓練は実行されなかった。

帰宅したクラウスとギードを出迎えたのは、食堂いっぱいに並べられた御馳走《ごちそう》だった。

「――――は？」

大宴会が開かれるような料理に、二人はしばし言葉を失った。

食堂ではフェロニカが鼻歌を歌いながら、料理の配膳を進めている。多忙なはずの彼女が率先して準備を進めているのも、疑問の一つだった。

「おいおい、ボス。どうしたんです、この大量の御馳走は――」

「急遽《きゅうきょ》、街中のシェフに持ってきてもらったわ」

なんてことのないようにフェロニカが答えた。

街の至る所に、彼女が築き上げた協力者のネットワークがある。その全員が彼女の素性を知るわけではないが、一声かければ、何よりも優先して、彼女のために動いてくれる。

中央には、お気に入りの特大ミートパイが鎮座していた。

「いや、ボスは休んでくださいよ……後は俺がやっときますから」

額に手を当て、諫《いさ》めるギード。

一方、だらだらとみっともなくヨダレを垂らしているクラウス。今すぐにでも食事をがっつきそうな少年に、フェロニカが声をかける。

「任務のあらましは既にヴィレから聞いているわ。問題なく成し遂げたのね」

「…………ん?」

「クラウス、初任務達成おめでとう」

首を傾《かし》げるクラウス。

この時初めて、彼はこれが初任務らしいと悟った。嬉《うれ》し気なフェロニカを見て、それが大きな意味を持つのだ、と理解し、とりあえずヨダレを拭った。

フェロニカは微笑《ほほえ》みかける。

「――『燎火《かがりび》』、それがアナタのコードネームよ」

ギードは腕を組み、頷いた。

『焔《ほむら》』のボス自ら、名前を与える。それが意味するところは一つしかない。

「アナタを一人のスパイとして、正式に『焔』へ迎えます」

これまでの彼はいわば仮雇用みたいなものだった。

だが、その潜在能力は、今回の任務で証明された。ギャングのアジトを瞬く間に制圧。機密情報を扱わせるのは不安すぎるが、戦闘能力の高さは凡百のスパイを超えている。

当の本人であるクラウスは呆然《ぼうぜん》と、瞬きをした。

その誘いを振り払いたい衝動は、自然と消え失せている。

クラウスは横に立つギードをちらりと見、そしてフェロニカに視線を戻した。

――自らの命が潰《つい》える寸前に救い出し、圧倒的な格の違いを見せつけた男。

――そして、その男が忠誠を誓う、なにやらただ者ではない優し気な女。

胸には、温かな感情が込み上げてくる。

やがてクラウスは舌ったらずの声で口にしていた。

「わかった……師匠……ボス……」

直後ギードから強く背中を叩《たた》かれ、よろめいてしまう。

◇◇◇

その夜、クラウスはギードに無理やり浴槽に叩きこまれたあと、これまで食べたことのないほどの量の御馳走を食べた。腹がちぎれそうになるほどの満腹感に浸る。途中やってきた占い師を名乗る青年にからかわれつつ、寝室がある二階へ上がる。

屋敷《やしき》の端にある、一番小さな部屋。

クラウスにとっては寝室ではなく毛布の保管場所。いつも通り屋根で寝ようとする。

ほかほかと幸せな心地だった。

いまだスパイという存在を理解していないし、『焔』のこともよく分かっていないが、しばらく過ごすのも悪くないだろう、と思い始めていた。

が、ドアノブに手をかけた時、浮かれた心地を吹き飛ばす冷たい声をかけられた。

「おい、愚かな弟よ」

ハイジだった。

クラウスは首を傾げる。

もっとも歳《とし》が近い少女ではあるが、彼女は自分を毛嫌いしているらしく、話しかけられたことは一度もない。ましてや「弟」と呼ばれるなど。

彼女は偉そうに鼻を鳴らした。

「お母さんが認めた以上、ワタシも認めようじゃないか。不本意極まりないがね」

「………目、赤くない？」

ハイジは泣き腫らした目を悟られぬよう、視線を逸《そ》らした。

クラウスが知るところではないが、彼女はフェロニカの名を騙《かた》り『クラウスを任務に連れて行け』と命じたことで、フェロニカから説教を食らい、泣きべそをかくに至っていた。

「お母さんがそうして欲しそうだったから！」と強調したが、聞き入れられなかった。

そんな事実を隠すように、ハイジは偉そうに腕を組む。

「ワタシのために紅茶を淹《い》れろ」

「は？」

「口答えするな。これ以上、お母さんたちに迷惑をかけるくらいなら、ワタシ自ら家事でも叩きこんであげようじゃないか。これは決定事項なのだよ」

よく分からないが、面倒くさそうな事態をクラウスは察した。

すぐさま背を向け、逃走を図る。

「いやだ——」

「——抵抗禁止だ、弟」

ハイジは袖から即座にフルートを取り出し、鋭く息を吹き込む。

いくらクラウスが素早くても、音速には負ける。ハイジの演奏を聞いた瞬間、突如眩暈《めまい》に襲われ、その場に屈した。危うく御馳走を吐きそうになる。

「ワタシは、お父さんほど優しくないぞ？　生活全てを管理してやる」

ハイジは、屈するクラウスを楽しそうに見下ろし、歩み寄ってくる。

「ほら、愚かな弟よ。まずは上下関係から植えつけてあげよう」

「〜〜〜〜〜〜〜〜っ‼」

蹲《うずくま》るクラウスの背中を足蹴にするハイジに、クラウスは根源的な恐怖を感じていた。

かくして、おおよそ文明人らしいとはいえないクラウスの習慣は、次第に改善されていく。毎日着替え、風呂に入り、歯を磨き、ベッドで就寝し、ついでにハイジの世話をするため、料理と掃除のスキルを習得する。

ギードの訓練は毎日こなすようになり、余った時間は全てハイジの命令を遂行するために費やされた。ハイジの要求水準は高く、クラウスの家事がプロレベルに達するまで決して妥協を認めなかった。

多忙なギードとフェロニカは「まぁ、ハイジが世話してくれるなら」「二人が仲良くなったようで安心したわ」と認め、その暴走を止めなかった。

——弟は姉には逆らえない。

それが、この時期のクラウスがもっとも胸に刻んだ真実。

クラウス、十歳、十一歳、そして、十二歳の日々。

一流のスパイへの道はまだ険しい。

追想《煽惑《せんわく》》

初めて陽炎《かげろう》パレスに訪れた日の衝撃を、クラウスは忘れられない。

ギードから「今日からここに寝泊まりしろ」と導かれたのは、彼のこれまでの生活からまるで縁遠かった豪邸だった。朝日に照らされ、光り輝く建物。中に足を踏み入れた時、高い天井を見上げていたせいで、絨毯《じゅうたん》の柔らかさに足を取られて危うく転びそうになった。突然、異世界に放り込まれたような戸惑い。

しかし、それ以上に衝撃的だったのは居間に全裸の少女がいたことだった。

「なんなんだ、このガキは」

キャンバスの前で裸で絵筆を握っている純白の少女は、クラウスを睨《にら》みつける。この壮麗な空間にあまりに似つかわしくない女。

ギードが顔を手で覆い、息を吐いた。

「服を着ろ」

「おいおい、お父さん。裸婦は絵画の基本なのだよ」

「現代人の基本は着衣だ」

どうやら鏡を見ながら、自身の裸婦画を描いていたらしい。

少女は一度筆をおき、クラウスに向かって手を差し出してきた。

「ワタシは、お前より遥《はる》か前からここに住んでいる大先輩だ」

とにかく偉そうな態度に、呆気《あっけ》にとられたことを強く覚えている。

「――敬え。ワタシの命令は絶対だ」

それが彼女とクラウスの関係を端的に表す一言になる。

◇◇◇

ハイジに命じられるがままに、掃除、料理、マッサージ、買い出しを終わらせた後、クラウスは広間のソファでぼんやりと天井を見上げていた。とにかく身体《からだ》が重たい。深夜だろうと要望があれば、すぐにクラウスを叩き起こして命令を下す姉貴分。本人は「スパイの基礎訓練だ」と言っているが、実際はただのワガママだと察している。

彼女の甲斐《かい》あって少しずつ社会常識を身に着けているが、だからといって感謝の気持ちは全く湧かなかった。

「師匠」

途中、通りがかったギードに尋ねる。

「あのワガママ女は、いつからいるの？」

「……ハイジが『焔《ほむら》』を訪れた日について聞きたいんだな？」

全てを察して翻訳してくれるギード。

実際、彼女が偉そうにするのはどうやら陽炎パレスを訪れた日が先というのが根拠らしい。自らを大先輩と呼んでいたことからも明らかだった。

ギードは「お前には言っていなかったか」とすまなそうに頭を掻《か》いた。

「ん？」

「ハイジがここに来たのはお前をスカウトした前日だ」

この日、十三回目になるクラウスとハイジのケンカが勃発した。

ギードから真実を聞かされたクラウスは、ハイジの部屋に突撃。絵画に没頭していたハイジのキャンバスを「大先輩じゃねえええぇっ！」と怒鳴りながらバールで破壊。正論であったが、当然ハイジもまた激昂《げきこう》する。

「人の芸術をなんだとっ⁉」

「うるせえええええええええええええっ！！！」

「はっ、この野生児がっ！　ワタシが直々に文明を叩《たた》きこんでやるっ！」

「裸の女が言うなあああああぁっ！」

二人の怒鳴り声はしばらく陽炎パレスに響き続けた。そして続くように窓ガラスや壁が砕けるような音が響いていく。机やベッドなどの家具が窓から庭に叩きつけられる音も。

それらの騒音を聞きながら、フェロニカはにこやかに紅茶を飲んでいた。

「ねえ、ギード。賑《にぎ》やかなのは実に良いことだけどね」

ティータイムの傍《かたわ》ら仕事の書類に目を通して、そっとギードに話しかける。

「そろそろ『焔』には、生活のルールが必要とは思わない？」

「ええ、早急に。この建物が破壊し尽くされる前に」

この日以降、『焔』には共同生活のルールが作られる。

後の陽炎パレスの住人を縛ることになる規則は、彼らのケンカを発端として作られたのだ、ということをクラウスはよく分かっていない。

2章 《燎火《かがりび》》表 Ⅱ

ディン共和国で、悪夢のような法改正が審議にかけられていた。

国会内部の一室に招集されたのは、経済大臣や厚生副大臣などの国の中枢に関わる政治家たち。経済委員会に所属する国会議員ゾーム＝ミュラーが、法律の改正案を提出するにあたり、根回しのため関係省庁のトップに招集を頼み込んだのだ。

だが、それは会議室に呼び出された厚生副大臣であるウーヴェ＝アッペル議員から見れば、青天《せいてん》の霹靂《へきれき》だった。奇襲に等しい。ゾーム＝ミュラーの改正案は既に官僚や経済大臣などに相談され、非公式ながらも承認を得ており、官僚たちも密《ひそ》かに動き始めていた。もはや事後承諾に等しい。突如見せつけられた改正案に激昂する。

「こんな暴挙が許されるものか！」

彼は強くテーブルを叩き、声を張り上げる。

「こんな改正案、審議にかけることさえ国の恥じゃ！　サルチェ村の悲劇を忘れたか⁉」

「愚かしいのは、アナタの方ですよ。アッペル先生」

対してゾーム＝ミュラー議員は、冷ややかだった。四十三というまだ若い議員は、ベテラン議員の圧に慄《おのの》くことなく、淡々と言ってのける。

「綺麗事《きれいごと》だけでは国を救えないのです。我々政治家の役割は、国民の人気取りではない。時に批難に晒《さら》されようと、国の利益のために決断することではないでしょうか？」

彼は改正案が記された書類を指で叩く。

「選別が必要なのです。私たち政治家は、常に救う相手を選ばねばならない」

◇◇◇

――世界は痛みに満ちている。

世界大戦が終結して三年。ガルガド帝国の侵略を受けたディン共和国は、いまだ混迷の時期にあった。終戦直後の都市に溢《あふ》れたギャングたちは取り締まられていった一方、経済はいまだ安定しない。多くの者が戦火に焼かれた故郷を見捨て、都市に移り住み、都市環境は更に荒れていく。その一方で戦死者の多い農村では逆に、経済の担《にな》い手《て》である大人が戦死や移住したことで、労働者不足が起きていた。

先が見えない混乱の中、多くの政治家たちが奔走していた。

限りある予算をどこに回すのかの議論を連日、重ね続ける。世界中どこの国もそうであるように私利私欲を満たす悪辣な議員もいたが、そんな彼らでさえも祖国の危機とあっては胸を痛ませ、切実に国民のため弁舌を振るう。

そして政治家が奮闘する背後には、常にスパイの姿もあった。

◇◇◇

ディン共和国港町、スパイ機関『焰』の本拠地で激しい闘いが行われていた。

二人の男が庭でぶつかっている。

片や木刀を握りしめる長身の男。『炬光《きょこう》』のギード。両腕両脚がナナフシのように長い彼は、そのリーチの差を活《い》かすように木刀を振るっていく。

「まだ遅いっ！」

「っ！　ざけんなっ！」

それに懸命に喰《く》らいつくのは『燎火《かがりび》』のクラウス。当時十三歳。孤児時代から愛用するバールを握りしめ、ギードからの攻撃を懸命にいなしている。

普段の訓練光景だ。

陽炎パレスを訪れた当初、訓練をサボりがちだったクラウスだが、今では懸命に励むようになった。ギャング『癘魔《れいま》』との闘いでギードの破壊的強さを目に焼きつけてからの変化だ。

しかし、いまだ敵《かな》うはずもなく、すぐに吹っ飛ばされる。

「……………っ」

「よし、今日はこの辺で終わりだな」

仰向《あおむ》けになったクラウスに勝ち誇った笑みを送り、ギードは立ち去る。

クラウスはすぐ追いかけようとした。

「っ、まだ終わって――」

「おい、弟。ワタシはとっくにお腹《なか》を減らしているのだよ」

が、前のめりになった瞬間、背中を何者かに蹴り飛ばされる。

透き通るような純白の髪と肌を持ち、非現実的なオーラさえ纏《まと》う少女。『煽惑《せんわく》』のハイジ。十七歳。彼女は目覚めたばかりのパジャマ姿で、クラウスを睨みつけている。

「卵料理の気分だ。至急用意したまえ」

「……たまには、自分で作れ」

「昨晩も任務だった姉に命令か？　あぁ、お母さんの分もよろしく頼むよ」

有無を言わせず、一方的に伝えて去っていくハイジ。

クラウスはじっと拳を握りしめていたが、やがて諦めて台所に向かっていく。


朝の指導を終え、広間に戻ったところでギードは思わぬ人物と出会った。

『紅炉《こうろ》』フェロニカだ。彼女の顔には満足げな微笑《ほほえ》みがある。

「最近クラウスも上達しているわね」

「ボス、帰ってきていたんですか?」

庭にいたギードたちの邪魔をしないよう、気配を消して戻ってきていたらしい。訓練の様子も観察していたようだ。彼女はよくイタズラめいた真似《まね》をする。

『紅炉』は先日まで国外で任務をこなしていた。ディン共和国内の新聞社の社長の娘がガルガド帝国のスパイに誘拐されるという事件が起きた。緊急事態とあって『紅炉』自らが他メンバーを率いて向かい、見事解決した。

ギードたちは取り戻した少女を保護するために帰国したが、フェロニカ含む一部メンバーは国外に残り続け、一連の工作の狙いを探った。

彼女は深刻な面持ちで口にする。

「例の誘拐事件――思わぬ進展がありそうなの。ルーカスが摑《つか》んでくれた。そもそも発端である新聞社の工作、ガルガド帝国の陸軍省の強い要望だそうよ」

「ほぉ、陸軍省？」

「えぇ、陸軍省の大臣クラスが命じたそうよ。妙な噂《うわさ》を聞きつけてね」

フェロニカが薄く微笑んだ。

「――『ディン共和国は非人道的軍事兵器を秘密裏に開発している』とね」

「……なんですかい？　その言いがかりは」

「そんな開発を私たちが知らない以上、デマでしょうね。誰かが意図的に誤情報を流して、ディン共和国を探らせた。まるで別の事実からガルガド帝国の注意を逸らすように」

行政府、軍部、諜報《ちょうほう》機関は、『対外情報室』が完全に管理している。

ガルガド帝国は対外情報室の監視が行き届かぬ、民間の諜報機関――つまり新聞社に狙いをつけたらしい。多数のスパイを潜り込ませ、ディン共和国の暗部を探ろうとした。だが性急な工作は露呈し、スパイは続々と拘束された。誘拐は悪足掻《わるあが》き。ルーカスが全て探ってくれた。

フェロニカが口にする。

「ギード、明日からガルガド帝国に向かってくれる？　裏で何が動いているか調査して」

「了解。ただし俺からも一つ提案が」

ギードは小さく頷《うなず》いた後、口にした。

「あのバカ弟子を連れていきたい」

「クラウス？　確かにもう任務には参加させているけど、長期間は――」

フェロニカが眉を顰《ひそ》めたところで、広間の扉が開いた。

入ってきたのは、クラウスだった。大きなトレーを持っている。

「飯、作った」不愛想に口にする。

「あら、ありがとう」

フェロニカはトレーを受け取り、近くのテーブルに置いて食べ始める。トーストと卵サラダ、前日から仕込んであっただろうスープ。ナプキンもある辺りハイジの指示か。

フェロニカは一口スープを飲むと、目を丸くさせる。

「………美味《おい》しい！　これ、本当にクラウスが？」

「ん、良かった」

クラウスは頷いている。表情は乏しいが、僅かに照れているようだ。

隣の食堂からハイジの呆《あき》れ声が聞こえてきた。

「いやいや、お母さん。甘やかしすぎなのだよ。下処理が雑で、スープに肉の臭みが混じっているじゃないか。ワタシは認めないよ」

わざわざ声を張り上げて主張する。

彼女も彼女でしっかりクラウスの朝食を食べているので、ギードは「作ってもらっただけの奴《やつ》が偉そうに……」と呆れつつ、フェロニカに向き合った。

「ま、これが理由です」

「ん……？」

「クラウスは経験の中で伸びる」

ここ一年間、クラウスは飛躍的な成長を遂げている。

ハイジの指導のおかげか、これまで野獣に等しかった生活習慣が改善され、料理や掃除などの家事もこなせるようになった。壊滅的だった言語能力も少しは改善されている。

もちろん、その間、ハイジとクラウスは常にケンカし「嫌だっ！」「姉の言うことは絶対だ！」と日常の至る所で争っていたのだが。

「何回か料理を作るうちに、一度食べた飯は大概再現できるようになった。経験したことはなんでも吸収する。ヴィレやハイジと同じ――直感型の天才だ」

「……なるほど。言葉を扱うのが苦手な分、感覚が鋭敏になったのかしら」

「一年や二年、クラウスを任務漬けにさせます。それがアイツに相応《ふさわ》しい修行です」

既にクラウスはいくつか任務を経験しているが、それでは足りない。彼に必要なのは、二十四時間ハイジの指導の下で家事を習得したように、二十四時間の任務漬けだ。

ギードはそう確信を持って、ボスに賛同を求める。


「――ダメよ」


戻ってきたのは厳しい否定だった。

フェロニカはこちらを刺すような厳しい眼差《まなざ》しでギードを見つめている。

「物事には順序がある。アナタの提案は、十三歳の少年には過酷よ」

「いや、そんな生温《なまぬる》いこと言っている場合じゃ――」

「『過酷』程度じゃ生温い」

強い確信が込められたフェロニカの声に、ギードは息を止めた。

先ほどのクラウスの料理を褒めたフェロニカの穏やかな表情は消え、スパイの怜悧《れいり》さを感じさせる顔つき。

やがて彼女は自嘲するように、表情をふっと緩める。

「――なんてね」

「ボスが言うと、本気に聞こえるんですが」

「クラウスに国外はまだ早いってだけよ。最優先で身に着けてほしい技術がある」

「最優先？」

「――『死なない技術』」

　ようやくギードも納得して、あぁ、と口にした。

「そういえば、あの人が帰ってきますね」

　ちょうど夕方頃、一人『焔《ほむら》』のメンバーが帰国予定だった。ギードは元々彼女と入れ替わる形で国外に行く予定だったのだ。

「――『不死』と謳《うた》われるババア」

　ギードは敵を最速で無力化する技術を授けたが、身を守る術《すべ》は最低限だ。

　幾重もの銃撃戦を生き抜いたあの老女ほど『死なない技術』を授ける適任はいない。

　だが、彼女がこれまで行ってきた修行を思い出し、ギードは苦笑する。なにせギードとフェロニカを除けば、他のメンバーは全員逃げ出しているのだ。

「確かに『過酷』なんて表現じゃ生温い」

　ギードが呟《つぶや》いた言葉に、フェロニカは「そうでしょう？」とイタズラっぽく微笑んだ。

◇◇◇

十一歳、十二歳、十三歳——この頃のクラウスはよく昼寝をした。

日中は激しいギードの訓練を受け、その合間にハイジから忙《せわ》しなく『掃除をしろ』『飯を作れ』『マッサージをしろ』などワガママな要求が飛んでくる。更には夜、唐突に起こされ、ギードと任務に連れ出されることもある。常に疲労困憊《ひろうこんぱい》だった。

寝る場所は、大抵自室ではなく広間。飾られた大きな振り子時計の真下。

なぜか、そこが一番落ち着いた。

ハイジに命令されていた保存食を作り終えると、その日のクラウスはまた眠りについていた。穏やかな光が差す広間でじっと動かない。

「……………ごめんね」

途中誰かが訪れ、何かを囁《ささや》いた。

クラウスの頭を撫《な》でている。声は泣いているようにも感じられる。

僅かにクラウスは起きかけたが、頭に触れる手の温かさが心地よく、再び深い眠りに落ちていった。

◇◇◇

クラウスは目を覚ますと、正面のソファに人の気配を感じ取った。

酒とタバコの臭いがする。誰かが広間で寛《くつろ》いでいるようだった。

「なかなかイケるツマミじゃないか。これはハイジの奴じゃないね？」

作ったばっかりの、キノコのオイル漬けやセミドライトマトなどが食べられている。保存食が詰まっていた瓶は既に半分以上が空だった。

タンクトップとジーンズというラフな格好をした老女が、酒瓶を握りしめている。髪には白髪が混じり、顔には皺《しわ》が刻まれ、老いを感じさせる。しかし、それと不釣り合いなほど両腕は硬い筋肉に覆われていた。まるで筋肉の鎧《よろい》。歳《とし》に似つかわしくないほど腰はまっすぐに伸び、ハッキリとした体幹を感じさせる。

「お、起きたか。クラ坊」老女は起きたクラウスに笑いかけてくる。

「ん？」

「まだツマミはあるかい？　良い腕をしている」

クラウスは目元を擦《こす》って告げる。

「嫌だ」

首を横に振った。

「……ゲルデ、だっけ？　面倒くさ」

一応、顔見知りの老女だった。

『炮烙《ほうらく》』のゲルデ。かつて『焰』のボスを務めていた、歴戦のスパイ。

特に親しくもないので、さっさと去ろうとする。せっかく作った料理を食われ、微妙に苛《いら》ついていた。

「アンタ、このままじゃ死ぬね」と声をかけられる。

「あ？」

「ボスの言う通りさね。すぐに命を落とすタイプだ。ギードは何を教えてんだか」

「…………」

つい立ち止まる。

この時期のクラウスは既にギードを『師匠』として認識している。鬱陶しいと感じることもあるが、自身には敵《かな》わない強さに憧れを抱いていた。

貶《けな》される謂《いわ》れはない。

身体《からだ》の奥底から熱が込み上げる。

ゲルデはソファに腰を下ろしたまま、指を振ってきた。

「――かかってきな」

言われる前に身体は動いていた。

幾人ものスパイを殺し、今や『鉄梃《かなてこ》』という名で各国のスパイから警戒され始めている少年の回し蹴り。老女相手だろうと手を抜かない。

しかしゲルデは、クラウスの右足を容易《たやす》く摑《つか》んでみせた。立ち上がることさえない。ソファに座ったままクラウスを持ち上げ、床に投げ捨てる。

起き上がろうとした時には、酒瓶を喉に突きつけられていた。

「アンタは今、死んだよ」

「………っ！」

「あぁ、『癘魔《れいま》』ってやつにも殺されかけたそうだから、これで二度目か？」

事実を指摘され、強く唇を嚙《か》んだ。あの屈辱と恐怖はいまだ身体に残っている。

ゲルデが楽し気に酒瓶を傾ける。

「安心しな。あの子に頼まれたんだ。クラウスを指導してやれ、と。いいさね。この『炮烙』様が直々に『不死』の修行をつけてあげようか」

「不死？」

「そうすれば、もっと強くなれる。ギード如《ごと》き目じゃないよ」

ん、と声が漏れた。

彼女の言葉は分からないが、『ギードより強くなれる』という文句には興味があった。

「本当？」

「おうとも。アタシは生涯でたった一度も、嘘《うそ》を吐《つ》いたことがない」

「……分かった。修行、お願い」

彼女は「よく言った」と笑い酒瓶に直接口をつけ、一気に飲み干した。

常人なら昏倒《こんとう》しそうな量であったが、彼女はまるでビクともしない。酒瓶を投げ捨て、立ち上がった。

その全身を見て戦慄する。

（やっぱり、この女、おかしい……）

何度見ても信じられない。筋肉が躍動する。高齢の、それも女性では有り得ない。上腕筋から大腿筋《だいたいきん》まで全ての筋肉が脈動し、目の前のクラウスを圧倒する。

「――さぁクラ坊！　齢《よわい》六十を超えても現役で動ける、不死の肉体を作ろうかっ‼」

かくして『不死』と謳われた狙撃手、『炮烙』の地獄の指導が始まった。

◇◇◇

果たしてゲルデがクラウスにどのような訓練を施したか。

残念ながら、その仔細《しさい》をクラウスは記憶していない。

うっすら覚えているのは、「やっぱり修行は嫌だ」と開始一時間で弱音を吐いたこと。「筋力トレーニング」と説明されたが、実態は「拷問」や「虐待」と呼ぶべきものだったこと。五度ゲルデに命乞いをしたこと。何度か吐きながら陽炎《かげろう》パレスから逃走を図ったが、ゲルデに捕まったこと。全身のあらゆる筋肉が千切れたんじゃないかと思ったこと。

この期間、ギード、フェロニカ、ハイジの反応は次の通り。

「ゲル婆《ばあ》。俺はもう出国するんだが、あのバカ弟子が『連れて行け』と泣きついて――」

「いいから任務に行ってきな。親離れができない子みたいなもんさね」

「ゲルデさん。目覚まし代わりに火器を使うのは禁じたはずですが」

「躾《しつけ》の範疇《はんちゅう》さね。アンタも昔はそうやって起こしたじゃないか」

「ゲルデお婆様《ばあ》。このハイジがお酒に合うお菓子を作りましたわ。うふふ」

「ん？　気が利《き》くねぇ。あぁ、そうだ。アンタもクラ坊と一緒に――」

「後生だから見逃してほしいのだよ。いくらでも弟を捧《ささ》げようじゃないか」

ちなみに当時、国外任務中の『煤煙《ばいえん》』のルーカス、『灼骨《しゃっこつ》』のヴィレは、この事実をハイジから聞くと帰国の日程を延期させた。

◇◇◇

地獄の一か月を経た頃、クラウスは広間でぶっ倒れていた。

「……不死の肉体を手に入れる前に死ぬ………」

一か月ぶりの休息だった。

遠のいていく意識を感じて呆然《ぼうぜん》としていると、ゲルデがクラウスの襟元を摑んできた。

「序の口で何を言ってんだい。これはウォーミングアップだよ」

「え？」

「行こうか、クラ坊。任務だ」

　抵抗する気力もないまま連れ去られる。まだ半日しか休んでない。

「――『不死』の秘訣《ひけつ》は実戦で授けるさね」


　任務の詳細は、ゲルデが運転する大型バイクで教えられた。

　後部座席に乗せられ、振り落とされないようにしがみつきながら、クラウスはゲルデの言葉に耳を傾ける。

「今、国会である法律の改正が検討されている」

　高速道路を飛ばしながらゲルデは説明してくれた。

「工場及び炭鉱労働に関わる労働環境基準法八条の改正」

「…………？」

「あぁ、難しい言葉は苦手だったね。つまり児童労働の解禁。子どもにも汚くて危険な労働をさせようってことさ」

「はぁ……」

「二十年前に炭鉱での児童労働は原則禁止されたんだが、大戦の影響で地方では深刻な労働力不足なのさ。それで緊急時の今は子どもを駆り出してでも働かせようって話」

クラウスは曖昧な返事をし、首を捻《ひね》っている。

ゲルデはなお説明を続けた。

「アッペル厚生副大臣が必死に反対しているが、おそらく難しいだろうね。一部の資本家が大きな後押しをしている。『国難だから仕方がない』と言い訳を述べながらね」

「…………」

「ただ改正派の中心、ゾーム＝ミュラー議員には黒い噂《うわさ》がある」

声を低くして告げた。

四十代半ばの、議員としては若い男だ。経済分野に明るく、資本家との間に太いパイプを持っている保守系政治家という。資本家の経済活動を維持する政策を好み、既存の福祉制度の改革を望む左派のアッペル議員とは幾度となく対立しているようだ。

「夜な夜な、国外の人間と密会をしているという目撃情報がある。加えて二か月前より、彼に近しい人間が続々と不審死している。先週秘書として忍び込んだ対外情報室のスパイも殺された。慌ててフェロニカが任務を引き継いだってことさ」

殺された人間は、既に五名。狙われたのはゾーム＝ミュラーと親しい関係にあったはずの人間。犯人の目的は不明だ。

これ以上の犠牲は控えるべき、とフェロニカは提言し、一時的に捜査を中断。

同胞が『不可能』と判断された任務は、『焔《ほむら》』が担《にな》う。

「この議員の腹の内を探るのが、今回の任務さね」

「…………ん」

ゲルデはそう説明を締めくくると、クラウスは曖昧な返事をした。

この時ゲルデは大きな過《あやま》ちを犯していたのだが、それに気づく頃には手遅れだった。


ゲルデがバイクを停《と》めたのは、首都近くの工業地帯。

大河に沿うように数十の工場が並び、黒い煙を空に立ち昇らせている。国の工場とも言える国内最大の工場密集地だ。かつてこの国を占領したガルガド帝国はこれらの工場をそのまま使用する予定だったため、大戦の破壊からは免《まぬが》れた。

工業部品、化学薬品、織物《おりもの》、自動車部品、食品、様々な製品がここで作られ、世界中に出荷される。ディン共和国の経済を支える中心地だ。

ゲルデは停めたバイクを隠し、誰にも見られず行動するようクラウスに命じた。

彼女が向かったのは、自動車部品の工場だ。エンジンに関わる部品を作っている。油の臭いが充満している。

工場内には作業着姿の労働者が多くいた。そして、その労働者に頭を下げられ、工場内を歩いていくスーツ姿の男がいる。

「アレはラドン＝モック。ここらの工場の一部は彼のもんという大資本家さね。ゾーム＝ミュラー議員の法改正を支援するのも、この男だ」

聞けば、クラウスでさえ知っている自動車メーカーの社長らしい。

「ゾーム・ミュラー議員は今晩、ラドンら資本家たちと意見聴取会の予定だ。殺された五人目の被害者は、ラドンと緊密な関係にあった資本家。とりあえず彼をマークしようか」

ゲルデは完全に気配を絶ち、ラドンを見張っている。

ラドンというスーツのボタンが可哀想《かわいそう》なほどに肥えた男は、工場の数人に声をかけた後、移動を開始した。工場内を視察しているらしい。

クラウスたちもまた物陰に隠れながら、工場内に入っていく。

ベルトコンベアの上をエンジンの一部らしい部品が流れていく。そのベルトを挟むように、何人もの労働者が組み立て作業を行っていた。テニスコート二十面ほどある広さの工場全部に同様の光景が展開されている。

機械に隠れながら、ぽつりとクラウスが感想を漏らした。

「……労働者、たくさんいるじゃん」

「都市部は職を失った人間が山ほどいるからねぇ。ただ地方は違う。ましてや鉱山は」

ゲルデは哀《かな》し気に呟《つぶや》いた。

「それでも、こんな法改正は無茶苦茶なのさ。六年前にも悲劇はあった」

「ん？」

「北部のサルチェっていう村でね、たくさんの子どもを秘密裏に鉱山で働かせていた。発覚したのは岩盤の崩落事故で十四人の子どもが亡《な》くなった時さ。虚《むな》しいね。生き残った数人の子どもも肺炎に侵されたり、顔面が落石で潰れていた」

大きく息を吐く。

「だから、こんな法改正、妙な力が働いているとしか思えないが――」

「――いた」

「あ？」

「アイツら、合衆国のスパイだ」

突如クラウスが指をさした。

その方向には、工場視察中のラドン＝モックに親し気に声をかけているスーツ姿の一派がいた。笑顔で挨拶を交わしている。五人ほどの男だ。

ラドンの仕事仲間にしか見えない。にこにこと工場を観察しており、ラドンの方も自慢げに彼らを案内している。

ゲルデが「根拠は？」と尋ねると、クラウスは「勘」と口にした。

「……そうかい。とりあえずは様子見だね。アイツらが本当にスパイなら、いずれゾーム＝ミュラー議員とも――」

――ゲルデが犯した大きなミス。

それは、クラウスの性格を理解していなかったこと。関わりがまだ浅かったゆえだ。

『焔』に加入して以来、クラウスが伸ばした能力は戦闘と家事スキルのみ。

つまり――いまだクラウスはスパイとして素人。

どころか、スパイという存在に興味さえ持っていない。

もちろんゲルデも薄々察していたが、クラウスはその想定さえ上回る。

「ボコしてくる」

突如、クラウスが駆け出した。

敵は殴る。そうすれば大概は終わる。それが彼の任務に対する理解。

――それ以外、どうでもいい。

ゲルデの話など彼は初めから聞いていなかった。児童労働にも議員にも関心がない。

クラウスはバールを握りしめて、潜んでいた機械から飛び出し、一直線にラドン＝モックに向かった。

「バカッ！」

ゲルデの制止も間に合わない。クラウスの突飛すぎる行動に反応が遅れた。

既にクラウスはバールを構え、ラドンの周辺にいる男たちに接近していた。彼らは最初ただの一般市民かのように狼狽《ろうばい》する様を見せたが、やがてクラウスの持つバールを見ると彼の正体を察したようだ。

『鉄梃《かなてこ》』――バールを扱う共和国のスパイは、各国の諜報《ちょうほう》機関に警戒され始めていた。

クラウスの見込み通り、彼らはムザイア合衆国の諜報機関『ＪＪＪ《トリプル・ジャック》』のスパイだった。少年に立ち向かうべく拳銃を取り出し、間髪入れずに発砲する。

熟練した実力を有する敵に、クラウスは一度、銃弾を避けることに専念。

工場内に銃声が響き渡り、工員たちが悲鳴をあげた。一帯がパニックになる。慌てて逃げ出そうとする者、その場で蹲《うずくま》る者。緊急停止したベルトコンベアから部品が落下し、大きな音を立てて砕け散る。

「……一体ギードは何を教えてきたんだか。後でアイツも説教さね」

広がる混乱の現場を見て、ゲルデは肩を落とした。

それから静かに唇を舐《な》める。

「ただ——まずは、この国を脅《おびや》かそうとしたバカどもにお灸を据えようか」

ズボンから取り出したのは、分解された小銃。脛《すね》に忍ばせ、すぐに組み立てられる、彼女だけの特製銃。

そして、そこからのゲルデの動きは、狙撃手としての腕を超越していた。

一キロ離れた相手だろうと射撃できる彼女であったが、それは技術の片鱗《へんりん》。

『炮烙《ほうらく》』のゲルデは好んで、銃撃戦の最前線に飛び出していく。

——相手が撃った銃弾より速く動けば、絶対に被弾しない。

そんな常人には理解不能な発想から編み出された、足捌《さば》き。停止と急発進の連続。緩急激しく、縦横無尽に動き、相手はまるで狙いを定められない。

クラウスは『JJJ』のスパイ五人相手に劣勢を強いられていた。

スパイ五人は逃げ遅れた工員を盾にするように立ち回っていた。国民を人質に取り、クラウスに対して拳銃での発砲を繰り返す。

「クラ坊、動くなっ‼」

そこにゲルデの怒号が響いた。

五人の男が銃口を向ける先に、ゲルデは堂々と躍り出していく。

奇跡のような光景が展開される。

五人の男たちがゲルデに銃弾を放つが、それらは全てゲルデの身体《からだ》の横を通過する。まるで魔法のよう。一瞬消え、別の場所に瞬間移動したような速すぎる身のこなし。

一秒後、別々の場所にいた五人の男たちは、ほぼ同時に後方へ倒れていった。

工員の盾など脅しにもならない。ゲルデが放った銃弾は五人の肩を完璧に破壊した。

◇◇◇

クラウスが狙ったスパイは全員、倒れ伏している。

全員がゲルデに肩を射貫《いぬ》かれ、抵抗できなくなったところをクラウスが打ちのめした。しっかりトドメを刺そうとしたが、ゲルデに睨《にら》まれて控えた。

バールを振って、クラウスは血を払う。ガタガタと震えているラドンの高級スーツで先端の血を拭うと「よし、終わり」と息を吐いた。

あっさりと片がついた。

彼らがいかなる陰謀を抱えていたかは、尋問して聞き出せばいい。

「ゲル婆《ばあ》、『不死』ってこういうこと?」

クラウスは歩いてきたゲルデの方へ笑いかける。

「相手に何もさせないまま、やっちゃえば——」

言葉は途中で遮られる。

頰を強く張られた。ゲルデが予備動作なく、クラウスの頰を叩《たた》いたのだ。

「え…………？」

「ふざけんじゃないよっ！」

唖然《あぜん》とするクラウスの胸倉にゲルデは摑《つか》みかかって、怒鳴り散らす。

「アンタはねぇ、たった今守るべき国民を危険に晒《さら》したんだよっ‼」

ゲルデの背後には、頭を抱えて蹲る工員の姿があった。

既に銃撃戦は終わったのに、いまだ震えている。神に祈りを捧《ささ》げる者もいれば、情けなく泣きじゃくる大人の姿さえある。

突如始まった銃撃戦に、彼らはパニックになっていた。

「大戦が終わってまだ三年だ。そんな時、響き渡る銃声を聞かなきゃいけなかった彼らの苦しみが分かるかい？」

「…………っ」

クラウスは何も言えなかった。

ゲルデはクラウスを投げ捨てる。

「いいかい？　『不死』の秘訣はね、鋼の肉体でも警戒心でもないよ」

「は……？」

「それが分からないなら、アンタはすぐに死ぬ。そんな未熟者、任務の邪魔だよ」

尻もちをついたクラウスを、ゲルデは静かに見下ろしている。そして踵《きびす》を返し、気絶したスパイを一人抱え、工場から去っていった。

ついて来るな、と背中が語っている。

クラウスは唇を噛《か》んでいた。

叱責されたことは分かるが、言葉の意味が分からない。軽率だったことを咎《とが》められたのか。しかし『不死』は警戒心ではないという。

「……意味が分からねぇよ」

◇◇◇

クラウスを工場に放置し、ゲルデは単独行動を始めた。

結果だけ見れば、クラウスの行動は妙手だった。拘束したムザイア合衆国のスパイは彼らのリーダーであり、多くの情報を握っていた。

無論、あくまで結果論だ。あんな無策な突撃をすれば、国民に被害が及びかねないし、もし彼らの指揮官が別にいた場合、雲隠れしていただろう。そうなれば全容の把握に時間を要した。クラウスの行動はあまりにリスキーすぎる。

とにかく拘束したスパイに情報を吐かせ、ゾーム＝ミュラー議員と法改正にまつわる全ての情報を得られた。任務は九割方、終えられた。

ゲルデは夕方、国会近くの彼の事務所を訪れ、本人が戻ってくるのを待ち構えた。「『合衆国との裏取引』と伝えれば大体分かるさね」と秘書に言って応接室に押し入った。

整理整頓の行き届いた応接室で茶を飲んでいると、ミュラー議員は戻ってきた。

応接室に入ってきた議員は、ゲルデを見て目を見開いた。

「アナタは……」

「対外情報室の『炮烙』――『焔《ほむら》』という組織の名くらい聞いたことあるだろ？」

ミュラー議員の第一印象は、悪くなかった。

突然現れた自分に物怖《ものお》じすることなく、観察するように見つめている。

髭《ひげ》を生やし、国会議員の肩書に恥じぬ、威厳のある顔つきをしている。髪や髭は毎日整えているのか、もう日が暮れ始めた時刻だが全く崩れていない。身体も鍛え上げられている。議員として三百六十度どこにも隙がない。

「噂《うわさ》では耳にしています。この国を裏で支え続けてきた、スパイチーム」

彼は穏やかに微笑《ほほえ》み、ゲルデの正面の座席に腰を下ろした。

「まさか実在していたとは。お会いできて光栄です」

「そうかい。アンタ、議員って割には随分、腰が低いね」

「敬意です。『焰』という伝説に対する」

「腹黒い奴《やつ》の敬意なんて信用ならないねぇ。さっさと本性を見せちまいな」

ゲルデは嘲るように身体を揺すった。

「全部聞いたさね。アンタが手ぇ出している、合衆国との裏取引も」

「…………………………」

ミュラー議員の沈黙は長かった。

この期《ご》に及んで惚《とぼ》けるような素振りはしない。ただゲルデの器量を推し測るように、じっと顔を見つめてくる。

唇が小さく動く。

「『選別』――それこそが政治家の役割だとは思いませんか？」

「はい？」

「理想は誰だって言える。『大規模な災害対策を行うべきだ』『教育に力を割くべきだ』『高齢者を見捨てるな』『福祉の手当を増やせ』『道路を整えろ』『都市を清潔にしろ』『犯罪を取り締まれ』『防衛費を増やせ』『文化を守れ』語る分には簡単です」

疲れたような溜《た》め息が零《こぼ》れた。

「しかし予算には限りがある。我々政治家は常に『選別』が求められる」

気には食わないが、一理ある。

政治家の大きな仕事が、予算案の作成だ。自らに投票してくれた国民のため、少しでも予算を割いてもらおうと弁舌を振るう。国債も無限に発行できるものではない。

何を救い、何を救わないのか。

政治家たちは大なり小なり、常に選別を行っている。

ゲルデは軽くこめかみに触れた。

「それでアンタが導いた結論は――」

「児童労働を解禁すれば、ムザイア合衆国各社が工場を国内に建ててくれる――そう持ちかけられた密約に乗ることに決めました」

これこそがミュラー議員が、法改正を推進する理由だった。

経済に精通する彼は専門家と議論し、このままではディン共和国の復興――つまり経済的安定には数十年かかると見込みを立てた。元よりディン共和国は、他の大国に比べて経済基盤が弱い。植民地も持たない。経済不況が発生するたびに国民は餓《う》え、暴動が起き、都市部ではギャングが跋扈《ばっこ》するだろう。

そんな折、ムザイア合衆国の外交官に諭された。

安い労働力——つまり児童労働を解禁すれば、世界的大企業であるムザイア合衆国の各社が工場を設立すると。

ミュラー議員は悩み抜いた末、その話に乗った。

ゲルデは唇を舐《な》めた。

「アンタのそれは売国行為だよ？　合衆国の植民地にでもしたいのかい？」

「しかし合衆国との関係が密になれば、国防上の負担も減らせる。再び他国に侵略され、国民を殺させる悲劇は避けねばならない」

「どうせ、そう外交官に説き伏せられたんだろう？　国内の資本家を優遇してきたアンタがまさかね」

「常に国益の最大化を望んでいるだけです。合衆国の庇護《ひご》下に入るのは見返りが大きい」

「はん。なるほどねぇ。あの国は植民地を持たない。代わりに西央の弱小国を経済的植民地にすると決めたか」

「奴隷になるわけではありません。雇用の創出は今、必要不可欠」

「だからって子どもを犠牲にできるかっ！」

「非常時ゆえです。今だって雇用がなく、ギャングになるしかない孤児がどれほどいるか！　浅薄な理想は犠牲を増やす。経済を安定させたあとに、再び法改正すればいい」

ミュラー議員の声に強い熱が帯びていく。

「いずれ後世が私は正しかったと判断してくれる——選別こそが我が政治家人生だ」

瞳には確かな熱量が感じられた。

あくまでミュラー議員はこれが最善と判断し、邁進《まいしん》しようとしている。理想をかなぐり捨てた、現実主義者。

彼はか細い声で呟《つぶや》いた。

「自身が聖人だなんて思いませんよ。この国の繁栄を願いながら、非情な選択をしてきた。子どもの権利を犠牲にしたことも初めてではない。いずれ地獄に堕《お》ちるでしょうね」

その瞳には悲哀も罪悪感も見え隠れしている。それでも尚《なお》、決断しなければならない覚悟を定めたのだろう。

ゲルデは手で顔を押さえる。

――これ以上は口出しすべきでない。

スパイの役割を超えかねない。他国の政治家ならばともかく、自国の政治家を脅迫するのは禁じ手。国民選挙で当選した政治家を独断で脅迫し、陰で動かすのは民主主義の理念に反する。情報を上層部に伝え、判断は内閣府に任せるしかない。

「……法改正は実現しそうかい？」

「ええ。直《じき》に内閣から了承をもらえるでしょう。多くの資本家からも支持を受けている。彼らの下には数十万人の労働者がいる。その票田は無視できない」

「そりゃ少しでも安い労働者が欲しい強欲な資本家は賛同するだろうよ。ムザイア合衆国の大企業様に蹂躙《じゅうりん》される未来を知らなければ」

「騙《だま》すような形になってしまうのが残念です」

昼間ラドン＝モックがムザイア合衆国のスパイに工場を案内していたのは、彼らを合衆国企業の重役と欺かれていたゆえらしい。その実は敵情視察だが。

やはり、このままなら法改正は実現してしまうかもしれない。

ゲルデは首を横に振る。

「……一応ね。アタシの長年の経験による知見だけでも述べようか」

「ん？」

「スパイとして残酷な選択はしてきたよ。命を見捨てるなんざ日常茶飯事。けどね、選別なんてものはね、考え尽くした果てに取る手段なんだ。必ず闇を生み出す。アンタが切り捨てた人間が、そのまま世界から消えてくれると思ったら大間違いだよ？」

「……仕方のない犠牲です」

ミュラー議員は苦し気に唇を噛んで口にした。

想定の上、と言いたげな表情だ。

しかし、彼が本当に理解しているとは思えなかった。

「――アンタの周囲で起きている連続殺人事件。それについては？」

「え？」

彼は困惑するように目を見開いた。

「私も恐怖を感じている案件ですが、今はなんの関係が……？」

首を傾《かし》げるミュラー議員を、ゲルデは強く蹴り飛ばしたくなった。

これでミュラー議員に心当たりがあれば、話が早かった。しかし、この件は彼も知らないようだ。ゲルデが尋問したスパイも分かっていなかった。

誰も理解していない、緊急事態が勃発しているのだ。

（っ、面倒なことになった……！）

歴戦のスパイと言えど、さすがに焦燥感に駆られる。

（フェロニカめ。とんでもない任務を回してくれたね……！）

悪態を吐《つ》くが、ここで彼女を責めても始まらない。

既に始まっているのだ。

切り捨てられた側の人間の反逆が。

◇◇◇

クラウスは日が暮れ始めた工業地帯を一人、歩いていた。

ゲルデに見捨てられたが、帰る手段がない。金もない。彼女の迎えが来るまで時間を潰すしかない。強い苛立《いらだ》ちを抱いて、とぼとぼと足を動かす。

『頭を冷やせ』とゲルデからは言われていたが、心はささくれ立っている。

有体《ありてい》に言えば――拗《す》ねていた。

最善を尽くしたにもかかわらず叱られ、やり場のない怒りを抱えていた。

（……意味が分からない。そもそも僕だって、子どもで……児童労働だ……）

クラウスは手ごろな工場を見つけると、露出したパイプを摑《つか》み、屋根へよじ登っていく。更に高い方へ。パイプからパイプ、屋根から屋根、煙突から煙突へ器用に飛び移り、工業地帯でもっとも高く立つ煙突まで到達した。

緩やかに流れる大河に沿うように、多くの工場が並んでいる。夕陽に照らされながら、時に煙突から煙や炎を噴く。機械同士がぶつかる音が鈍く響き、工業地帯全てが大きな生き物であるような錯覚を抱かせた。

これが生き物ならば、工業地帯で蠢《うごめ》いている無数の人々は細胞か。

（なんで、コイツらを守らなきゃいけない……）

忙《せわ》しなく働く工員を見下ろす。

身体《からだ》のうちから出てくるのは、微《かす》かな怒り。

（この大人たちは僕を守ってくれなかった……）

年月を経て、終戦当時に置かれた自分の状況も理解できていた。

大人たちは逃げ、帝国陸軍に占領された街で、取り残された自分だけで懸命に生き延びた。時に他の子どもに食糧を分けながら闘い続けた。

己を守ってくれる者などいなかった。

苦しみも寂しさも全部が、心を刺し続けていた。

（――スパイってなんなんだよ？）

だから納得できない。

流されるように訪れた『焔《ほむら》』は、国内最高のスパイチーム。しかし、クラウスにとってこの国に尽くす理由など一つもない。

（法律が変わろうが、別にどうだっていいんだよ……）

吠《ほ》えるように大声をあげる。

そうやって衝動を発散させたところで、クラウスは地上に降り立った。

ゲルデの迎えを期待して、スパイたちと闘った自動車工場まで戻る。

さすがに稼働《かどう》はしていないようだが、まだ工員は帰っておらず、工場周辺を囲むようにして休憩を取っていた。どうせ彼らには姿を晒《さら》しているので、堂々とその隣を歩いていく。

突如、中年のおばさんに声をかけられた。

「ねぇ、キミ」

「あ？」

「こっちに来ない？　昼間、銃撃戦に立ち向かっていった子でしょ？」

クラウスを手で招き入れているのは、工場横の芝生に腰を下ろしている五人ほどの女性グループだった。二十代から五十代まで歳《とし》はバラバラだが、みんな同じ作業着を着て、親し気に飯を食べている。

「夜から工場を再開させなきゃいけないから。その前に腹ごしらえ。どう？」

彼女たちの手には、大きな黒パンがあった。

空腹のクラウスには抗《あらが》えない誘惑。

小さく頷《うなず》き「自分はここの関係者の息子」「昼間お使いにきたら、アイツらが銃を取り出したのが見えた」「恐《こわ》かった」「自ら飛び込んだように見えた？　気のせい」と適当に嘘《うそ》を並べて、女性グループの輪に入った。

パンを齧《かじ》り、ふと感想を口にする。

「夜も働くんだ。凄《すご》いね」

「それは、まぁ、お金がないから」

先ほどクラウスを招き入れた女性が苦笑する。

「でも、みんな貧乏だからねぇ。ワガママは言えないよ」

「ふぅん。夫は稼がないの？」

「大戦で殺されちゃったのさ。ここにいる人は全員、そう」

思わぬ返答が戻ってきて、クラウスは口を噤《つぐ》んだ。

女性たちは疲れた顔で苦笑する。

「大丈夫よ。辛《つら》くないわけじゃないけど、折り合いはついているわ」

「ええ、あたしもアンタくらいの子どもがいたんだけどねぇ。砲弾でね……」

「私なんか故郷に毒ガスをばら撒《ま》かれたんだよ。親族はみーんな、亡《な》くなっちまった」

「大戦で死ななくてもねぇ。今度は身内で奪い合いだよ。ギャングに食糧を狙われて、殺されちゃった人もいる」

彼女たちは一斉に語りだした。

自分たちが大戦によりいかなる苦しみを背負ったか。逃げるだけで精一杯。その中で家族を失い、絶望に暮れた。砲弾で聴力を失いかけた人もいる。いまだ夜は明かりを消して眠れない。職を失い、この工場労働にありつけたことがどれほど幸運か。子どもや親を失ったことを悲しむ暇などなく、それでも空腹を満たすために、毎日コンベアで流されてくる部品を組み立てている。

「…………」

クラウスは何も言えず、見つめ返すことしかできなかった。

一つ納得しきれない事実があった。

苦しかった、と吐露する彼女たちが微かな笑みを零《こぼ》していたことだ。

「嫌じゃないの？」

「ん？」

「こんな朝から夜まで働いて。腹が立たないの？　大変じゃないの？」

「大変に決まっているじゃない。毎日クタクタよ」

すぐ返答は戻ってくる。

「でもね、みんな大変なんだから。みんなで大変なこと背負って、少しでも世界を良くするしかないじゃない？」

その笑顔と共に紡《つむ》がれた言葉に、クラウスの顔が熱くなった。

自身に質問されるのが嫌で、顔を俯《うつむ》かせてしまう。皿を割った瞬間をハイジに見られた時のような気恥ずかしさ。

それでも、もっと話を聞きたくて口を開いた時、胸がざわめいた。

心臓がどくんと強く高鳴りだす。何か身体の奥底から湧き上がる衝動が、クラウスの本能に訴えかけていた。彼の磨かれた直感が危機を察知している。

パンを口に入れ、立ち上がる。

「行かなきゃ」

「ん？」

「パン、ありがと。今は、ごめん。嫌な予感がするから」

たどたどしいながらも、それでも言葉を紡ぎ、クラウスは強く地面を蹴る。

◇◇◇

その殺人鬼が生まれたのは、ディン共和国北部の農村。サルチェ村。

主な産業は鉱山業と林業。産業革命時には都市に大量の石炭を運ぶために多くの出稼ぎがやってきたが、次第に採掘量が下がってくると、人口は減っていった。農村に残ったのは、かつての栄華を忘れられない者たち。一度上げた生活水準を下げられない。少しでも良い暮らしを維持しようと、年端《としは》も行かぬ子どもさえも鉱山で働かせ、僅かな石炭を採掘させた。村では、子どもが農業の手伝いをすることは当然だった。その事実もまた彼らの倫理観を捻《ね》じ曲げた。

殺人鬼は、十四歳の母と十五歳の父の下に生まれた。

両親は若いうちから鉱山で働いていた。タオルで口を塞いでも肺が焼けるような痛みに苛《さいな》まれる。稼いだ金は親に毟《むし》り取られる。性行為が唯一の娯楽だった。避妊の方法など教わらなかった。

その殺人鬼は、生まれ落ちた直後から自身の歪《いびつ》さに気づいていたが、幼少期はまだ精神の安定を保つことができた。父や母から愛を注がれた。彼らは息子が九歳の誕生日を迎えた日から、鉱山で働かせたが、親も子もそれを疑問に思わなかった。

やがて世界大戦が起き、大人は軍隊に行ってしまった。

鉱山で働くのは、半分以上が子どもになった。

落盤事故が起きたのは、そんな時期だ。無計画な採掘が原因。殺人鬼と共に働いていた多くの子どもたちは圧死した。

彼は鼻骨が陥没するほどの怪我《けが》を負ったが、一命を取り留めた。

精神の歪《ゆが》みを止められなくなったのは、そこからだ。両親は戦争で亡くなった。村の仲間たちは、事故で亡くなった。心が割れるような悲哀と憤怒《ふんぬ》を受け止めてくれる存在を欲《ほっ》した。殺人衝動に従い、野良犬《のらいぬ》を殺した際に微かに胸の痛みが和らぐのを感じた。

世界大戦から三年後。彼は都市の工場で働き、時折小動物を殺しながら、身の安定を図っていた。しかし、より深みへ堕《お》ちていく契機が訪れる。

――工場労働法改正の審議。

新聞の文字が目に入った時、彼は己のすべきことを理解した。

法案改正派の中心ゾーム＝ミュラーの関係者を皆殺しにした果てに、議員本人を殺す。

サルチェ村での悲劇が頭を過《よぎ》った時、彼の身体は動いていた。

それは復讐《ふくしゅう》でも改革でもない、ただの衝動。

一人の哀《かな》しき殺人鬼が誕生した瞬間だった。

既に五人を殺《あや》めてきた殺人鬼が、今宵《こよい》狙いを定めたのはラドン＝モック。

件《くだん》の議員に通じ、法改正の後押しをする中心人物。

ラドンは突如勃発した銃撃戦で警察に事情聴取をされ、日が暮れる頃にようやく工場まで戻ってきた。彼からしてみれば訳の分からぬ騒動。しかも事情聴取も突然打ち切られた。現場の警察に内閣府から圧力がかかったらしい。

混乱が収まらないまま、とりあえず工業地帯の本社に戻った時、運転する車の前に一人の人間が立ちはだかった。

「な、なんだね、キミは——！」

急停止し、ラドンは運転席から降りた。危うく轢《ひ》きかけた人間に詰め寄る。

車の前に立った人間——殺人鬼はそれを待っていたように、懐《ふところ》から拳銃を取り出した。

「名乗る名などない……」

殺人鬼は口にする。

「……おれは、ただの、死に損ないだ……サルチェの………」

ラドンにはほとんど意味が分からない言葉だったが、目の前の男が最近噂《うわさ》されている殺人鬼とは察しがついた。

青ざめるラドンに、殺人鬼は銃口を向ける。

だが、その時突如としてバールが飛んできて、殺人鬼の拳銃を弾《はじ》いた。

邪魔者に殺人鬼が動ずることはない。彼にしてみれば、稀《まれ》にあることだ。過去には対外情報室のスパイを名乗る者に阻《はば》まれたが、問題なく遂行した。

「……なぜ、おれの邪魔をする……？」

「パンのお礼」

ラドンの後方に現れたクラウスは短く告げた。

「そのおっさんが殺されたら、工場で働くおばさんたちが困るんだよ」

水を差された殺人鬼は、大きく息を吐き、まずは邪魔者の息の根を止めようとする。

クラウスは受けて立つように前へ出る。

その殺人鬼は、いずれ対外情報室のスパイとして名を得る。

――『凱風《がいふう》』のクノー。

――後にエリートチーム『鳳《おおとり》』の一員になる異才。

黄昏《たそがれ》時の工業地帯。

若き日の『凱風』のクノーと『燎火《かがりび》』のクラウスの闘いが始まった。

◇◇◇

終始優勢だったのは殺人鬼。

年齢は彼が四つ上にあたる。七年後と違い、この当時は決して大柄ではなかったが、十三歳と十七歳では大きな体格差がある。純粋に殴り合っていれば、クラウスは敗北を喫していただろう。

また、武器を扱えれば優勢かと言えば、そうではない。殺人鬼は手数も豊富だった。両手には万力のような機械が付けられており、車のボンネットを千切って振り回すほどの力がある。身体《からだ》の関節には拳銃が仕込まれている。気を抜けば、思わぬ一撃を受ける。

回収したバールを振り回すだけのクラウスは、次第に追い込まれていた。

直感だけでここまで辿《たど》り着いたはいいが、以降の策はない。

殺人鬼の腹から突如飛び出した針をバールで打ち落とすが、一本が肩に刺さってしまう。

先端には毒が塗ってあったようで、身体が嫌な熱を帯びる。

徐々にクラウスの身体に傷が増え始めていった。

殺人鬼は表情を崩さず、殺人のプランを組み立てるような瞳でこちらを観察している。

いまだ多くの凶器を全身に仕込んでいるのだろう。

クラウスの脚の動きが次第に遅くなる。

殺人鬼の肘から撃たれる銃弾をギリギリで避け、必死に距離を取る。

毒に蝕《むしば》まれる状況の中で、クラウスが感じ取っていたのは殺人鬼の執念だった。

(この人の攻撃、すげぇ苦しそう……)

伝わってくる。

殺人鬼の一挙手一投足にあるのは、どこまでも深い悲哀。

優勢なのは殺人鬼の方なのに、まるで余裕がない。彼の攻撃には憎悪《ぞうお》では説明しきれない感情が宿っていた。

(どれだけ準備を重ねてきた？　どんな過去を背負えば、ここまで没頭できる？)

クラウスは、攻撃を掻《か》い潜《くぐ》りながらチャンスを窺《うかが》う。

殺人鬼は突如接近し、大きなチェンソーを振るってきた。左腕の袖の下に取りつけていたらしい。動く刃《やいば》にあたり、バールが弾かれる。

次に振るわれたチェンソーを掻い潜り、殺人鬼の身体を蹴り飛ばす。

（ちょっとずつ、分かってきた……）

息を整えながら、思考を深める。

頭にあったのは、パンをくれた工場の労働者。そしてゲルデの言葉。あるいはこれまで自身を導いてくれたギードやフェロニカの後ろ姿。

なにより、目の前の殺人鬼が教えてくれる。

（不幸なのは自分だけじゃない）

クラウス自身、孤独に苛まれながら生きてきた時期がある。

しかし、それは何も特別ではなかったのだ。

（この国には――この世界には、悲劇が溢《あふ》れている……）

そんな当たり前のことを見落としていた。生きるのに精いっぱいだったゆえの視野狭《きょう》窄《さく》。

けれど、今は分かる。殺人鬼の攻撃が教えてくれる。

誰もが胸に大きな傷を負って、生きている。嘆きながら、それでも少しでも幸福になろうと藻《も》掻《が》いている。殺人鬼のチェンソーの唸《うな》りは彼の悲鳴だ。

「いや、もっと……ないの？　常に逃げ道を確保するとか」

「細かい技術はあれど、結局『死にたくねぇ』という気持ちに勝るものはないさね」

「えー」

この時のクラウスにもう少し語彙があれば「身も蓋もねぇ」と呟《つぶや》いていたはずだ。

「……だったら、あの拷問みたいな筋トレはなに？」

「証明さ。アンタは恵まれている。凡人があの訓練についてこられるはずがないからね」

やがてゲルデが頭を叩《たた》き、諭すように口にした。

「悟りな。恵まれたアンタが、この痛みに満ちた世界で成すべきことを」

◇◇◇

クラウスが殺人鬼に繰り出したのは、捨て身の一撃。

相手までの直線を一気に駆け抜け、ただ渾身《こんしん》の力を打ちこむのみ。

十メートルの距離を、クラウスはほとんど一瞬でゼロにした。それは、まだ不完全ながらもゲルデの足捌《さば》きの模倣。一か月間叩きこまれた筋力トレーニングにより、彼の身体能力は磨きがかかっている。

しかし、その対応さえも殺人鬼は読んでいた。

多少の速さに驚きはしたが、追い詰められた獲物がイチかバチかの賭けに出るのは珍しくない。左腕に仕込まれていたチェンソーを再度出し、その動きにカウンターを合わせる。

純粋なぶつかり合い。

金属同士の衝突による、甲高い音が黄昏の工業地帯に響き渡る。

両者、武器を失ったのは同時。クラウスの手からバールが弾《はじ》かれ、それと同タイミングで殺人鬼のチェンソーもまた破壊される。

「――――っ！」

殺人鬼は愕然《がくぜん》と目を見開く。

強度不足を悔いながらも、次の武器で仕留めようと取り掛かる。

だがクラウスの攻撃の方が速かった。

クラウスの拳が、殺人鬼の首筋に強く打ちこまれる。

勝敗を分けたのは判断の早さ。

新たな武器を探すのではなく、拳で挑んでいれば、体格で勝る殺人鬼が有利。相手を確実に殺したかった殺人鬼は必殺の武器を選ぼうとし、確実に生き延びようとしたクラウスは最速で相手を行動不能にする手段を用いた。

判断の早さが勝敗を分けた。

――『世界を変えるまで死ねない』という強い覚悟。

それが『炮烙《ほうらく》』のゲルデがクラウスに授けた『不死』の秘訣だった。

◇◇◇

ミュラー議員事務所の応接室に、内線の電話が鳴り響いた。

ゲルデが顎で指し示すと、ミュラー議員は受話器を手に取った。

長い電話だった。途中ミュラー議員は何度も狼狽《うろた》えたような声をあげた。額から汗を流し、苦しそうに息をあげる。相手の説得を試みたようだが、相手は一方的に電話を切ってしまったようだ。ミュラー議員は受話器を置いた。

「……たった今、電話がありました」

掠《かす》れた声で口にした。

「ラドン＝モックさんからです。たった今、殺人鬼と思《おぼ》しき男に襲われた、と。彼はサルチェ崩落事故の生き残りを名乗っていたようです……」

「……なるほどねぇ。怨恨《えんこん》かい」

「モックさんは現在、警察に保護されたそうです。そして――」

彼は大きく息を吐きながら、椅子に座り直した。

「――あの法案の成立を待つよう頼まれました」

ゲルデは予想外の言葉に、口元を緩めた。

法改正の最大の支持者が、ラドン＝モックだったはずだ。他の議員の説得も、彼の従業員数十万人分の票田を用いる予定となれば、彼の心変わりは大きな痛手だろう。

「ふうん。ま、妥当な判断さね。殺人鬼に仲間がいないとも限らないからね」

笑顔交じりに語ると、恨めし気にミュラーが睨《にら》みつけてくる。

「ここまでの展開を読んでいたのですか？」

「まさか。アタシは知らないよ」

事実だった。

ゲルデもまた驚いている。

（意外なのは、殺人鬼に襲われたラドン＝モックが生き延びたことかね。理由は分からんが……そういえばあの工場には、クラ坊を――）

そこまで思考が及んだ時、思わず頬が緩んだ。

望外の成果をあげてくれたらしい。

膝を叩いて豪快に笑うと、ゲルデはミュラー議員に言葉をかける。

「ま、これを機に反省したらどうだい？　アンタだって殺人鬼に襲われたくないだろ？」

「…………………………」

ゲルデはこの政治家を決して嫌ってはいなかった。

狭量《きょうりょう》なリアリストゆえに倫理的に危うさを秘めているが、理想だけでは立ち行かないのも政治だ。国のトップに立つ器ではないが、必要な人材ではある。事実、彼がこれほどまでに影響力を持ったのは、これまで彼が舵《かじ》を取っていた経済政策の成功ゆえだ。

ただ、今回は聊《いささ》か暴走気味だった。

少しでも反省してほしかったが。

「間違ってなどいません。私――いや、俺が、間違っていたはずがない」

「ようやく本音を聞けそうじゃないか」

ゲルデは歯を見せて笑う。

こちらを持ち上げるような低姿勢をやめ、強い視線をぶつけてくる。

しかし直後、彼が呟いた言葉はゲルデの予想を超えていた。

「醜い娘を、隔離した」

「は？」

ゲルデも知らない事実だった。

元々任務の際、入念に下調べをするタイプではない。彼女は今回の任務にあたり、彼には三人の息子と、一人の娘がいることしか知らなかった。

「生まれつき、顔に醜い痣《あざ》を持つ娘だ。社交界に出せば、会う者は顔を引きつらせ、見なかったように取り繕う。『ゾーム＝ミュラーは悪魔の子を産んだ』と取り上げようとするゴシップさえあった。この国を変える政治家であり続けるには、娘の存在は迷惑だった。ゆえに人里離れた別荘に閉じ込めた」

一息に言い切って、ミュラー議員は泣き言のような声を漏らした。

「……今更、『俺が間違えていた』と娘に言えるものか」

絶句するゲルデ。

ミュラー議員は再び背筋を伸ばした。

「言ったはずだ――選別こそが我が政治家人生だ」

それが彼の視野を狭めた理由か。

ゾーム＝ミュラー議員は、既に子どもの幸福を踏みにじっていた。

この国の繁栄を願いながら——他ならぬ自分の娘を。

◇◇◇

ゾーム＝ミュラーの娘は——後に『愛娘《まなむすめ》』のグレーテという名を与えられる。

任務後ゲルデはミュラー議員にスパイ養成学校の存在を教えた。ミュラー議員は彼なりに葛藤し、一年間「療養」という名目で海外移住させた後、密かに娘をスパイ養成学校に送り込む。またこの頃よりミュラー議員は徐々に資本家含む保守勢力と距離を取り、中道左派の立ち位置を取るようになる。

拘束された殺人鬼は——後に『髑髏《どくろ》』のクノーという名を与えられる。

極刑が妥当であったが、その経歴と技術の高さを考慮され、三年間の獄中生活を経て、養成学校に向かう。彼は常時仮面をつけ、口数少なく生活を送った。やがて卒業試験に合格し『凱風《がいふう》』という名に改める。

◇◇◇

ゲルデは工業地帯に戻ると、クラウスを回収した。

バイクの後部座席に座らせ、普段より速度を落として陽炎《かげろう》パレスに帰還する。途中クラウスから殺人鬼との闘いを聞いた。風に負けないよう必死に声を張り上げるクラウスの言葉を、聞き漏らさないよう、アクセルを緩める。

「クラ坊のおかげで、一人の女の子を救うことになりそうだ」

「ん…………？」

「ま、知らなくていいさね」

ゲルデの言葉に、クラウスは首を傾《かし》げる。それ以上追及してこない。

彼の関心は別のことにあるようだ。

「……少し分かった気がする」

躊躇《ちゅうちょ》気味に言葉が繰り出される。

「『焔《ほむら》』のこと……………スパイのこと、少しだけ」

「ん、それは良かったさね」

元々はそれが目的だった。

フェロニカからの提案だった。児童労働という問題ならば、歳《とし》の近しい彼も興味を持ってくれるのではないか、と彼女から打診され、ゲルデは受け入れた。サルチェ村の殺人鬼との闘いは予想外だったが、二人が考えていたところに落ち着いてくれたらしい。

今や立場が逆転してしまった元部下の姿を思い出し、ゲルデは口にする。

「なぁ、クラ坊」

「ん?」

「頑張りな。あの子はね、アンタを………」

だが途中で伝えることを控えた。

『あの子』――フェロニカの事情まで伝える必要はないと判断した。既にクラウスは眠そうだ。声に力が入らなくなっている。

「いいや、なんでもない」

ゲルデはそう短く伝え、アクセルを回した。

『燎火《かがりび》』十三、そして十四歳。

帰宅後ゲルデから射撃技術を教わり、彼女との修行を終える。以降、クラウスはギードと任務漬けの日々を送り始める。一辺倒に暴力を振るうだけの時代は終わる。フェンド連邦、ライラット王国、ガルガド帝国と世界中を飛び回り、他メンバーと任務を経験し、スパイとしての才能を開花させていく。

『焔』に変化が生まれ始めていたのも、この時期であった。

追想《炮烙《ほうらく》》

『焔』の新メンバー、クラウスとハイジの指導は基本、メンバー全員が交互に行う。才能がありすぎて養成学校に通わせられない、スパイの見習い。基本的には、クラウスはギードが、ハイジはフェロニカが担当するのだが、稀《まれ》に他の仲間も行う。

この日、談話室に二人を呼び出したのは、ゲルデだった。

「実際のところ、命を選び取る瞬間はスパイにいくらでもある」

酒瓶を手に握ったままで指導を始める。

スパイとしての心構えを教える、と工場法に関わる任務後クラウスたちは呼び出されたのだ。指導というより酔っ払いの説教だな、と思わなくもないが一応耳を傾ける。

ソファに腰を下ろすクラウスとハイジに、ゲルデは語る。

「ある有名な哲学の命題だ。線路を走っていたトロッコが暴走している。このままでは、トロッコ前方で作業している五人の作業員が命を落とす。アンタたちは、線路の分岐器の前にいる。トロッコの進路を切り替えれば、五人は確実に助かる。しかし、その場合、別路線にいる一人が命を落とす」

「責任者を出せ」とクラウス。

「生命保険は加入しているか？」とハイジ。

二人の野次は黙殺され、ゲルデは強い眼差《まなざ》しを向けた。

「さて、アンタたちはどんな決定を下す？　トロッコの進路を切り替えるか？」

早い話が『五人を助けるためなら、一人を殺してよいか』という命題らしい。

ハイジが「そんなの簡単だ」と誇らし気に胸を張った。

「トロッコを爆――」

「ちなみに、この手の質問で『トロッコを脱線させる』だの、話の前提を破壊する答えを吐《ぬ》かした間抜けは、問答無用でぶん殴ることにしている。本質から目を背けるな」

「ふふ、なんでもないのだよ」

無論、六人を助けるという答えはない。加えて、過失や監督責任などの要因も考慮してはならないという。

クラウスも即答できなかった。純粋に問いと向き合え、とゲルデは命じる。

しばし頭を悩ませ、クラウスは手を挙げた。

「ゲル婆《ばあ》ならどうする？」

「アタシだけじゃなく、フェロニカやギード、ヴィレの意見も一致しているよ」

彼女はハッキリと口にした。

「――分岐器を動かす。考え尽くした先に別の手段がないなら当然さね」

それがスパイの生き様だ、と彼女は言いたいようだ。

冷酷と罵られようが、選択に迫られた以上、国家の繁栄のために非情な判断を下す。経済のために子どもを切り捨てた政治家を清廉潔白な立場で糾弾できる立場ではない。

ハイジは腕を組み「ワタシもそう答えようとしたところだ」と頷《うなず》いている。

本当か、というツッコミをクラウスは我慢。面倒事は起こさない。

ゲルデは「クラ坊は？」と酒瓶の底を向けてくる。

改めて考える。例えば、どんな類似のケースがあるか。ある敵が五人の国民を殺そうとしている。敵を殺すために爆弾を使用すれば、五人は救えるが、別の人間が死ぬ。モタモタすれば五人の国民は殺される。

そんな発想が過《よぎ》った時、自然と答えは決まっていた。

「――考えたくない」

呟《つぶや》いたクラウスを、ゲルデが「なぜ？」と睨《にら》みつける。

「仮に現実に近しいケースが訪れた時、発想を狭めそうだから」

「……ルーカスのバカと同じ答えか」

「え？」

「嫌いじゃないよ。ただし――アタシに殴られる覚悟はできているんだね？」

クラウスはソファから立ち上がり、己の両腕を背中に回した。

「こいっ！」

「っしゃおらっ‼」

ゲルデは酒瓶をテーブルに置き、咆哮《ほうこう》をあげてクラウスの腹に拳を叩《たた》きこむ。老女とは思えないほどの衝撃は、激しい音を立ててクラウスを談話室の壁まで吹き飛ばした。

痛みに耐えながら、ぷるぷると腹を抱えて蹲《うずくま》るクラウス。

「……脳筋スパイどもの発想は理解できないのだよ」

ハイジはドン引きした。

3章《燎火《かがりび》》表 Ⅲ

汽笛がクラウスの眠りを妨げた。

寝不足の頭を刺激する汽車の轟音《ごうおん》に、寝台から身体《からだ》を起こす。二段ベッドの上段にいることを忘れて、天井に頭をぶつけてしまう。身長が伸びた結果なのだが、ここ最近は窮屈さを感じることも多い。

十五歳――『焔《ほむら》』に来てから五年が過ぎた。

忙《せわ》しなく世界中を飛び回る生活は、月日があっという間に流れていく。あらゆる任務地で牛乳や肉を食うようギードに強要され、身体が一気に出来上がった。精神の方がついていけず、自身の力を持てあますほどに。

とりあえず二段ベッドの上段から身を乗り出し、下段の男に声をかける。

「師匠、飯買ってきて」

「テメーに年上への敬意はねぇのかよ」

師匠であるギードはベッドに寝転んだまま、新聞を読んでいる。車窓からの光は彼の枕元まで届いていた。

ギードは光を新聞に当てながら、表情を変えずに口にする。

「もうすぐ帰還できる。飯なら陽炎《かげろう》パレスで食えばいいだろ」

「…………」

国外の任務から戻った直後だった。任務地の事情から国の北端にある、飛行場に着いたのが朝のこと。そこからすぐに汽車に乗り、拠点のある港町までの帰路だった。

クラウスが上段から乗り出したままでいると、ギードが新聞から視線を外した。

「なんだ、緊張してんのか？」

「は？」

「一年ぶりの帰国だしな。ちょっとは身構えてんのか？」

からかうような笑みに、クラウスは首を横に振る。

「そんなわけない。ただ……」

「ん？」顔をしかめるギード。

「いや」クラウスは乗り出した身体をひっこめた。「なんでもない」

◇◇◇

――世界は痛みに満ちている。

世界大戦が終結して五年。ガルガド帝国の侵略を受けたディン共和国は、いまだ数多くの戦禍が残るものの、復興に向けて動き始めていた。犯罪件数は減少し、経済的安定も取り戻し始めていた。

一方、諸外国は混乱が続いていた。

『焰』を始めとする多くのスパイの奔走により治安が維持されたディン共和国と違い、政治情勢が大いに荒れた国も多い。世界大戦の責任を負い、政権交代を余儀なくされた国や経済不況により革命が起きた国もある。都市の至る所で暴力や抗争が勃発していた。

無論それらには他国のスパイたちの工作も関わっている。

――影の戦争。

他国のスパイたちを野放しにすれば、自国は瞬《また》く間《ま》に蹂躙《じゅうりん》される。

その事実が世界に知れ渡っていった時期でもあった。

◇◇◇

「パーティーを開催します」

フェロニカが唐突に宣言する。

ちょうどクラウスとギードが、陽炎パレスに戻ってきた日の昼間だった。今いるメンバーでランチを摂《と》っていると、フェロニカが口にした。

「ヴィレも今日戻ってくる予定だし、再来週には、ゲルデさんも帰国する予定よ。久しぶりに全員集合。これは盛大なパーティーをしないと」

突然の提案にクラウスは目を見開く。

元々フェロニカにはパーティー癖とも言うべきか、とにかく祝い事をしたがる癖があった。彼女は基本的に国内で活動し、他メンバーは海外に派遣されがち。誰かが帰国すると、彼女はすぐにお祝いを始める。

いつになく嬉《うれ》しそうなフェロニカ。

全員集合は珍しいことだった。

以前、新聞社の社長令嬢の誘拐事件を解決した時以来。二年ぶりか。

御馳走《ごちそう》が食べられるな、と期待していると、クラウスの横で一人の少女が手を挙げた。

「ワタシに任せてほしいのだよ」

ハイジだった。十九歳という年齢になった彼女は髪を腰まで伸ばし、大人の色香を漂わせる美女に成長していた。彼女が道を歩くだけで多くの人が目を奪われる。

フェロニカが小首を傾《かし》げる。

「あら、ハイジ。やってくれるの」

「ふふ、お母さんの喜びよう、なんだかワタシまで嬉しくなるじゃないか。この『煽惑《せんわく》』の名にかけて、最高の催しにしてみせよう」

「助かるわ。じゃあ、ぜひお願い」

「ふふん。大船に乗ったつもりでいるといい」

成長しようと彼女のフェロニカへの愛は変わらない。フェロニカに頼られ、相好をでれでれと崩している。

クラウスには都合がよかった。

ハイジの手料理は、絶品だ。あるいは、彼女の舌で厳選された料理人を幾人も連れて来るのだろう。完璧に会場をセッティングし、最高の演奏や料理を用意するはずだ。

（………楽しみかも）

そう胸を躍らせながら、ランチを終えた時だった。

クラウスが自室に戻ろうと一人になった時、ハイジから肩を叩かれた。

「愚かな弟よ」

彼女は肩に力を加えてきた。

「準備はお前に一任する」

「はい？」

「ワタシは忙しいのだ。出版社からの締め切りがあってだね。他にも画商との約束も詰め込まれていて、とにかく手が回らない。あぁ実に残念だ」

オーバーに首を横に振るハイジ。

この時期ハイジはスパイという職務と並行して、官能小説家や油彩画家としても活動していた。実に好き勝手生きている。

が、それとこれとは話が別だった。

「じゃあ、なんで引き受けた？」

「お母さんのためだ」

「じゃあ、なんで僕に押しつける？」

「ワタシのためだ」

「ふざけるな」

「弟に拒否権はない。ほれ、支度金だ」

ハイジは有無を言わせず、財布を渡してきた。

フェロニカからもらったであろう潤沢な資金が詰まった財布はずっしりと重たい。

が、その重さの分だけ、クラウスの気持ちは沈んでいく。

「…………………」

この数年間の積み重ねにより、クラウスとハイジの関係は完成されていた。姉の言うことには絶対服従。器用に立ち回る彼女を敵に回すと、彼女は直ちに根回しを済ませ、クラウスの動きを封じてくる。情報戦で勝ち目はない。

断りきれなかった。

ご機嫌な足取りで去っていくハイジの背中を、ただ見つめるしかない。

「ワガママ女め……！」

悪態をつくが、虚《むな》しいだけだ。

弱肉強食。『焔』の下《した》っ端《ぱ》である以上、命令には従うしかない。

（くそ、どうっすかな……）

財布を投げてはキャッチし、クラウスは髪をかきあげる。

こういった催し物の企画は、苦手だった。任務でパーティーに参加することはあれど、企画側の経験はない。人との交流自体、苦手。多少経験は積んでいるが、それでも対人能力は並のスパイ以下だろう。得意分野が戦闘という人間には荷が重い仕事。

頭を悩ませていると、正面から快活な声が聞こえてきた。

「お困りのようだな、クラウス！」

「ん？」

顔をあげ、相手の姿を見た時に息を呑《の》んだ。

思わず目を見開き、見つめてしまう。

（……戻ってきていたのか）

ランチの席にはいなかった。

年齢は二十二歳だというのに、少年のような人懐《ひとなつ》っこい笑みを浮かべている。今のクラウスと身長は同程度。流行を取り入れた金髪《きんぱつ》を揺らし、好奇心に輝くような瞳を向けてくる。スパイであることが信じられないほどの無邪気さ。

「ルーカス兄さんだぜ。お帰り、クラウス」

そう彼は、にこやかに手を振る。

――『煤煙《ばいえん》』のルーカス。

クラウスの兄貴分である、『焔』のメンバー。

彼は楽し気にクラウスの胸を叩《たた》いてきた。

「まぁた、身体《からだ》が大きくなってんな。ギードさんの食事管理のおかげか？」

「ゲル婆《ばあ》からの筋トレメニューもあるから」

「あれ、全部こなしてんの？　すごっ」

にこやかに話しかけてきた彼は、嬉しそうにクラウスの肩に腕を回してくる。

「浮かない顔をしているな。帰国早々ハイジに面倒事でも押しつけられたか？」

「ご名答」

「あのワガママ嬢ちゃんは本当に仕方ねぇなぁ」

クラウスの隣でけらけらと笑うルーカス。

とにかく人との距離感が近い男はひとしきり笑った後に「しゃーねぇな」と呟《つぶや》いた。

「オレが手伝ってやるよ。困っている弟分は見捨てられねぇな」

願ってもない提案に、お、と目を見開く。

全くアイデアがなかっただけに、まさに救いの手だった。

クラウスが「お願いします」と頼むと、ルーカスは「くるしゅーない」と頼りがいのある笑みで返してくれる。

友好的な態度を見て、悪い人ではないんだな、と改めて感じる。

ほとんど悪ガキだったクラウスに、海外から戻ってくるたびにお土産を買ってきてくれた男だ。ハイジとのケンカを何度も取り成してくれた。ギードやゲルデとも仲が良く、彼がいる陽炎《かげろう》パレスは通常の何倍も賑《にぎ》やかになる。

だが、クラウスの胸の内には複雑な感情が渦巻いていた。

「…………」

ルーカスはどこか腹の底が見えない。任務で入れ違いになることも多く、大して会話を交わす時間はなかった。一線を感じる時がある。

もちろん一通りの情報は知っている。

（……『双子の兄』『天才ゲーム師』『世界大戦時から「焔」を支えた、中核』）

クラウスは彼を見つめる。

（――『焔』の次代ボス）

いずれフェロニカに代わり『焔《ほむら》』の頂点に立つ男。

師匠である『炬光《きょこう》』のギードを飛び越え、フェロニカが直々に指名する逸材。

彼が一体何者なのか、これを機に見極めたかった。

◇◇◇

ルーカスが「まずは支度金を倍にしようぜ」と提案してきたので、二人はディン共和国南端にある歓楽街に出かけた。いくつもの高層ホテルが立ち並び、国内では有数の観光地になっている。

支度金はこの国の平均月収の二倍くらいはあったが、それでは足りないらしい。

ドレスコードに従い、タキシード姿で、二人は地下の賭場《とば》に入っていった。ゲームはルーレットやバカラ、サイコロを使った遊戯など。大きなホールに三十人ほどの男女が集い、チップを奪い合い、時に歓声をあげている。

入るなりルーカスは楽しそうに両腕を広げた。

「ディン共和国で遊ぶのは、久しぶりだなー。腕が鳴んぜ」

「というか普通に遊べるの？」

漂うタバコの臭いに顔をしかめて、クラウスが尋ねる。

世界中の賭場を荒らした男――それがルーカスの伝説だ。

「警戒されないの？」

「うんにゃ。そんなこたぁない。胴元とは超仲良し」

「へー、意外。嫌われているとばかり」

「賭場を出禁にされたら、ギャンブラーは終わりだからな」

言葉通り、ルーカスがホールの中心に向かうと、胴元らしき男性が揉《も》み手をしながら駆け寄ってきた。ルーカスより倍近く上の年齢の男が恭《うやうや》しく頭を下げている。

ルーカスは支度金全てをチップに交換し、クラウスに笑いかけてきた。

「見とけって。賭場は初めてだろ？」

「…………ん、任せる」

クラウスは彼を全面的に信用する。

ギャンブルは彼の本職のはずだ。世界各国で多くの政治家や資本家を賭場で嵌《は》め、弱みを握っていった男。その手腕はギードも褒《ほ》め称《たた》えていた。

ルーカスは鼻歌を歌いながら、ブラックジャックのテーブルに着いた。ホールスタッフにワインカクテルを頼み、ディーラーが配るカードを舌なめずりして見つめる。

ルールが分からないので、クラウスは観察に徹した。

一応勝っているらしく、ゲームが終わる度にルーカスのチップは少しずつ増えていく。

感心していると、隣から声をかけられた。

「兄さんが迷惑かけてるみたいだね」

話しかけてきたのはルーカスと瓜二《うりふた》つの青年。

――『灼骨《しゃっこつ》』のヴィレ。

ルーカスの双子の弟だ。彼も帰国していたようだ。兄と色違いのタキシード姿でにこやかに手を振ってくる。

「ここのスタッフとは仲良しでね、連絡がつくようにしているんだ。『兄さんが賭場に来たら、すぐ知らせるように』って。どういう事情？」

「元凶はワガママ女」

「察した。クラウスも大変だ」

最低限の言葉だけで察してくれるヴィレは、実にありがたい存在だった。

ルーカスとは異なり、彼の前では緊張しない。頻繁に帰国を繰り返しているのでクラウスは何度も会ったことがある。まだクラウスの語彙が乏しかった時代、表情を汲《く》み取ってコミュニケーションをしてくれたものだ。

一応情報の齟齬《そご》があっては困るので、一通りの経緯は説明する。フェロニカのパーティーと、ハイジの丸投げ。

「でも助かった」

最後に礼を伝えた。

「全然アイデアがなかったから。ルーカスさんが手伝ってくれるなら、救われた気持ちだよ。支度金を増やすって言うから、ここに――」

「ん……？」

ヴィレはクラウスの言葉を遮る。

小さく首を傾《かし》げたあと、一度ルーカスの手元に積まれたチップを見て、再びクラウスに視線を戻し、なにか納得いったように、あぁ、と息を漏らした。

「クラウス、キミは大きな誤解をしているよ」

「誤解？」

言葉の意味が分からない。

ちょうどその頃、ブラックジャックは白熱していた。ルーカスが豪快に「全賭け‼」と宣言し、テーブルを取り囲むギャラリーが、おぉ、と興奮した声をあげた。

佳境を迎えているらしく、ディーラーが時間をかけてカードをめくる。

ルーカスがにやりと口元を歪《ゆが》める。

そんな状況を見つめながら、ヴィレは呆《あき》れるように笑った。

「兄さんね、ギャンブルは苦手なんだ」


次の瞬間、ディーラーはルーカスのチップを全て奪っていった。

ギャラリーが腹を抱えて大笑いをし、先ほどの胴元の男も満足げに頷《うなず》いている。

ルールを知らない、クラウスでも理解できた。

目の前には――無一文になった、肩を落とすルーカスの姿があった。

◇◇◇

「はああああああああああ？」

賭場近くの路地で、クラウスはルーカスの胸倉を摑《つか》んでいた。

「なにやってんのなにやってんのなにやってんの⁉」

詰《なじ》る。批難する。怒る。罵る。蔑む。叱る。侮《あなど》る――あらん限りの語彙を使って、ルーカスに怒号をぶつけた。

体格ならばクラウスが勝る。胸倉を掴まれたルーカスは、干された雑巾のように力なく揺すられ続けた。「酔うぅ」と弱音を吐いているが、容赦なく彼の身体を揺さ振る。

トドメに地面へ投げ捨てると、ルーカスは仰向《あおむ》けに寝転がったまま喋《しゃべ》る。

「マジで今回は行けると思ったんだよなぁ。なんでだろ」

「知らねぇよ！」

手をわなわな震わせ、思いっきり怒鳴りつける。

ルーカスを頼ってしまった自分が、許せなかった。ショックで寝込みたくなるが、今は無一文で、どうパーティーをするか考えなくてはならない。

クラウスは一度ルーカスを立ち上がらせ、尋ねた。

「アンタの貯金は？　補填しろ」

「ない。ボスに借金があるから、成功報酬から天引きされる」

詳しく説明させたところ、ルーカスはフェロニカに莫大《ばくだい》な借金があるらしかった。任務の資金を毎度ギャンブルで溶かすらしく『次、私に金を要求したら、埋めるわよ』とキツく脅されているという。

弁済能力のない彼を無視し、クラウスはヴィレを見た。

「ヴィ、ヴィレさんから借りるっていうことは……？」

「ぼくもないよ。兄さんが全部スっちゃうから」

ヴィレはにこやかに言葉を返す。

いわく、彼もまたルーカスに金を貸しているらしい。報酬の大半は兄に貸し出し、兄の豪快な負けっぷりを眺めるのが大好きなのだという。

「なんなんだよ、アンタら双子⁉」

「そういうクラウスは、どうなんだ？」

ルーカスが語りかけてくる。

「結構、貯金はあんだろ？　無駄遣いとかしなさそうだしな」

クラウスは首を横に振った。

「……引き出せない」

「あ？」

「ボスが管理している。毎月百デント渡されて、欲しいものがあれば相談しろって……」

「子どもか」「お小遣い制なんだ」

十二歳の頃に高級寝具や高級お菓子を買い漁《あさ》って以来、そうなった。

かくして状況の整理は終わった。

フェロニカからの支度金はゼロ。ルーカスとヴィレは一文無しで、クラウスも自由に扱える金がない。

「……詰んでない⁉」

思わず驚きの声を発していた。

このままでは料理なし、酒なしのパーティーを開催しなくてはならない。楽しみにしていたフェロニカは、大いに哀《かな》しむことだろう。

「……いや、その場合、怒られるのはハイジだからいいのか？」

「その考えはどうかと思うよ？」

穏やかな声でヴィレが窘《たしな》める。

が、責任の所在はかなり微妙だ。

引き受けたくせに丸投げしたハイジ、同じく丸投げしたクラウス、そして任された支度金を全額ギャンブルでスったルーカス。一番、悪いのは誰？

悶々《もんもん》と頭を悩ませていると、ルーカスが大きく息を吐いた。

「しゃーねぇ」溜《た》め息交じりに口にする。「バイトでもするか」

◇◇◇

ビュマル王国は、国際情勢において微妙な立場にある国だ。

歴史的にはガルガド帝国との同盟関係にあり、交流も深い国。ゆえに世界大戦が勃発した当初も、ガルガド帝国と連帯すると王政府は表明していた。

が、ビュマル王国は密かに帝国の情報を連合国側に流していた。

早い話、ガルガド帝国を裏切っていたのだ。フェンド連邦やライラット王国と秘密条約を交わしていたらしい。両国のスパイが暗躍したそうだ。この裏切りが勝敗を決める要因の一つになった。

かくして結果として「戦勝国」になったのだが、残念ながら戦後、秘密条約は反故《ほご》にされ、約束された領土は得られなかった。加えて大戦により疲弊した経済は大きな不況を引き起こし「不名誉な戦勝国」として国内外に問題を抱えていた。

クラウス、ルーカス、ヴィレの三人は、ビュマル王国に着いていた。

ルーカスは電話でフェロニカに「任務でやり忘れたことがあるからクラウスも借りてく」と説明し、すぐ港から移動。ギャンブルで負けた翌晩には、辿《たど》り着いていた。

港では、二人の女性スパイが車で待ち構えていた。

「よーっ、久しぶり！」

五人乗りの黒塗りの車に、ルーカスは手を振り近づいていく。

運転席と助手席には、同じ髪色の女性が乗っていた。

透き通るような白銀色の髪。二十代前半とかなり若そうなコンビだ。等しく、冷たい深海色の目。外見の似た二人ではあるが、髪の長さに大きな差があり、片方は短く切りそろえられ、もう片方は肩を超えるほどの長髪。

ルーカスが紹介してくれる。

「クラウスも名前くらい聞いたことあんだろ？　『アカザ姉妹』っつぅ、ビュマル王国では名の知れたスパイだ」

ギードから教えられていた。

長年ビュマル王国諜報《ちょうほう》機関『カース』の中心的な役目を果たしていたスパイ『影種《かげだね》』──その弟子たちだ。潜入捜査と暗殺を得意とし、今や師匠を上回ると言われる、二人組。

「ここ最近まで、オレと一緒にガルガド帝国で活動していた。今回の雇い主」

長髪の方が姉でヴァンナ、短髪の方が妹でオリエッタという名らしい。

彼女たちは車から出て来ない。

運転席から姉のヴァンナが深海色の瞳でクラウスを観察してくる。

「貴様が『鉄梃《かなてこ》』か。想像より若いな」

「もうバールは卒業したよ」

「近年は『破砕者《アックス》』とも呼ばれていたか」

ヴァンナは時間の無駄を省くように、後部座席に乗るよう促してくる。

「絶対服従だ。一切の拒否は認めん。それで使い走りにしてやる」

「助かるー」とルーカス。

「非常時でなければ、貴様らなんぞ頼らん」

クラウスたちが乗車すると、ヴァンナはすぐに車を動かし始めた。

ビュマル王国の首都であるルーネまで一気に飛ばしてくれる。

「今ビュマル王国ってヤベーのさ」

道中ルーカスが解説してくれた。

「お前も知っての通り、ガルガド帝国の連中は敗戦後、内部工作により他国を侵略するよう方針を転換させた。各国の反政府思想を持つ人間に接触し、武器や資金を支援する。オレは帝国内でその全貌を暴《あば》く中で、この姉妹と出会って――」

ヴァンナが感情を含まない声で、ルーカスの説明を継いだ。

「――ガルガド帝国のスパイは、既にビュマル王国内でかなりの勢力を広げている情報を摑んだ。我々はすぐに帰国したが、手遅れだった。幾人もの活動家が、急進派の政治家を祀《まつ》り上げ、退役軍人とクーデターを引き起こそうとしている」

声は淡々としているが、微《かす》かな焦燥が見て取れた。

「既に大都市サルポリに奴《やつ》らは集結している。一週間以内に蜂起するだろう」

かなり緊迫した事態だという。

ビュマル王国の諜報機関は後手に回り続け、クーデターの存在を察知できなかった。ガルガド帝国のスパイはかなり秘密裏に、謀略を進めていた。

ちなみにルーカスいわく、帝国はディン共和国にも同様の工作を仕掛けていたようだが、ハイジとフェロニカが既にスパイを拘束しているという。

「このクーデターを阻止するのが、貴様らの仕事だ」

冷たく命じてくるヴァンナ。

ずっと黙っていたオリエッタが「手付金は払わん。成功報酬のみ」と補足する。

ルーカスは事前に把握していたらしく、納得するように頷《うなず》いていた。

「…………………………」

一方、クラウスは言葉を失っていた。

ゆっくり情報を整理し「ねぇ。ヴィレさん」と隣に座る兄貴分に尋ねる。

「なに？」

「これ、本当にバイト？」

「うん。報酬も大きい」

「どう考えても利敵行為じゃ……」

「ギードさんにバレたら三枚おろし」

これ以上は考えることをやめた。

なぜパーティーを企画する話が、他国のクーデターを阻止することになるのか。もはや傭兵《ようへい》に近い。全てはハイジが悪い、と諦める。

「時に——」

途中ヴァンナがハンドルを握りながら告げてきた。

「——いくら貴様らが『焔《ほむら》』とはいえ、国家の命運が懸かっている事態で、なんの保険もなく信頼はできん。最低限、一人は人質になってもらう」
当然の要求だった。
諜報機関同士に協力はあっても、協調はない。『焔』一人の生殺与奪の権利を握ること
が、今回の雇用関係を結ぶ条件なのだろう。
一番の下《した》っ端《ぱ》であるクラウスが名乗り出ようとした時だ。
「オレがなるわ」ルーカスが即答した。「多分、一番役に立たねぇから」
クラウスは呆気《あっけ》に取られながら、彼の横顔を見る。
ヴァンナは毒気を抜かれたように「……まぁいいだろう」と平坦《へいたん》な声で返答した。

◇◇◇

――クーデター潰し。

それがクラウスたちの任務だ。引き受ける動機は「パーティーの資金集め」という事情
だが、もはや逃れられない。

首都から二百キロ離れた街サルポリに、次々と反政府活動家が集まってきているという。

数日中に彼らの計画を潰さねば、彼らは進軍を開始し、首都は戦火に包まれる。諜報機関

や警察は総力を挙げ、指導者の拘束に取り組んでいる。

「アタシが見張りとして付きます」

捜査についてきたのは『アカザ姉妹』の妹――オリエッタ。

厳格な圧を放つ姉と違い、妹はクールで事務的な声音をしている。

「これが我々と『煤煙《ばいえん》』が盗み出した、ガルガド帝国から支援を受けた活動家の一覧。近日中に首都へ進軍し、政権の奪取を試みるはず」

オリエッタが差し出したリストには二十名近くの活動家の名が挙がっていた。

彼女は冷ややかな声で告げる。

「このクーデターを煽動《せんどう》する指導者を拘束し、運動を潰しましょう」

ただし彼らは帝国のスパイから手解《てほど》きを受け、巧妙に潜伏している。関係者らしき者を捕らえても、指導者の居場所は一切知らない。

王政府はじわじわと追い詰められていた。

諜報機関『カース』のトップクラスの工作員『アカザ姉妹』は、苦悩の末に、他の仲間には内密に、ルーカスたちを雇う決断を下したらしい。

「じゃ、行こうか。クラウス」

ビュマル王国に着いた翌昼から、捜査に取り掛かった。

ルーカスは拘束されたので、ヴィレと二人で街を歩き出す。

サルポリは人口百万人を超える、大都市だ。二千年以上の歴史を誇り、中世時代の城や宮殿も数多く残っている。火山と海に挟まれた港町は、かつては皇帝の保養地となったほどの美しい街並みを誇っている。

歩き出したクラウスはすぐにその厄介さに気がついた。

第一の特徴は、人口過密。街の至る所にある、色とりどりのペンキで彩《いろど》られた高層アパート。歴史的に栄え続けた港町は、多くの人間でごった返していた。第二の特徴は、地下空間の多さ。千年以上前に整備され、現在では放置された旧上下水道や、教会を建立《こんりゅう》するために使われたという凝灰岩の採掘場が市中の至る場所にある。

活動家が潜むという意味において、これほど厄介な街はない。

「性質としては、ライラット王国の首都ピルカに近い」

クラウスが息を止めていると、隣のヴィレが突然口にした。

「勉強になるよ。あの国で諜報活動に励む時にね」

「なんでライラットの話が？」

「歪み過ぎている国だからね。いつかディン共和国に害をもたらすかもしれない。学んでおくことに越したことはないよ」

不気味な警告を残しつつ、ヴィレが道を曲がった。

「まずは人が集まる場所に行こう。件《くだん》の活動家連中——『灰シャツ隊』の酒場さ」

市の中心地から外れた、場末の酒場に移動する。店の外にも賑《にぎ》やかな声が漏れている。真っ昼間というのに、混み合っていた。

クラウスたちは、店の隅にあるワイン樽《だる》のテーブルに移動する。

店内では灰色のシャツを纏《まと》った男たちが、グラスを片手に威勢よく会話を弾ませていた。灰色の衣類は、クーデターの参加者の連帯を示すためのサインだ。彼らが『灰シャツ隊』と呼ばれる理由である。

店内は上機嫌な彼らの声で賑わっていた。

「続々と賛同者が集まってんな。来週には進軍できるだけの数が集う」「やってやんぞ！政府軍がなんだってんだ！」「なにが社会党だ！　労働者の敵じゃねぇか」「ガッローネ様が首相になってくれれば、この国は変わるんだ！」

昼間から酒を酌《く》み交わし、士気を高めている最中らしい。

「……全員、捕らえないの？」

小声でクラウスが尋ねると、オリエッタは首を横に振った。

「無謀。『灰シャツ隊』は既に三万人以上。もうじき四万人を超える」

「下っ端の数名を拘束しても、彼らの義憤を煽《あお》るだけ。狙うは指導者のみ」

クーデターの熱気は、クラウスの予想を上回っていた。

「そんなに……」

ヴィレが解説してくれる。

「王政府の失敗があるのさ。不況をなんとかしようと、共産主義にかぶれて国民の財産や行動全てを管理しようとした。自身の財産が奪われることを危惧した資本家やブルジョワは愛想《あいそ》を尽かし、ストライキを潰された労働者たちも失望した」

結果、元軍人のガッローネという政治家が活動家に担《かつ》ぎ出され、反政府運動が盛んになったらしい。クーデターの中心は、世界大戦で生き残った退役軍人たち。

クラウスは質問を続けた。

「じゃあ、クーデターが成功した方が国のためにならない？」

身も蓋もない意見に、オリエッタが「おい」と眉を顰《ひそ》める。

ヴィレが首を横に振った。

「それは判断しかねるかな。彼らは首都に進軍する気だ。クーデターが長期化すれば内戦になる。最悪、新たな戦争の火種になりかねない」

それはディン共和国にとっても避けたい可能性という。

聞き耳を立て、一通りの状況把握を終えると、店の外へ出る。

「それで？　指導者を探す算段はついているの？」

いよいよ本格的に任務に乗り出すにあたって、オリエッタが睨《にら》みつけてくる。

ヴィレが「そう焦《あせ》らないで」と笑って、いなした。

「それより、クラウス。これを機にぼくが指導をしてあげようかな」

「指導？」

「ギードさんから聞いた。ぼくに近いタイプなんだろう？　教えられることが多そうだ」

頷《うなず》いた。直感で物事を理解する、感覚タイプだ。

無視されたオリエッタが「何を呑気《のんき》な……」と苦々しい顔をしているが、ヴィレは気にする様子はない。兄同様、強《したた》かな性格のようだ。

「ヴィレさんもそうなの？」

「ぼくの肩書、忘れた？」

「……占い師」

「そう。もちろん、超自然的な力なんてない。できるのは、コールドリーディング。外見や話し方から、初対面の相手の心情や素性を言い当てる」

「………？」

「やってみせた方が早いんだろうね。まずは大通りを見て」

二人の目の前には、街の中心地に続く大通りが伸びている。

何百、何千という人間が行き来している。家具職人の男が店前で椅子を二輪車に積んでいる。大工の男たちは協力し、木材を運ぶ。駆けていく馬車を、最新の自動車が颯爽《さっそう》と追い抜く。石工らしき男がレンガで舗装された道を修繕している。派手な赤色のショールを纏う女性は、胸元を大きく開けた服を着て、通りを進む人にフルーツを勧めている。

「例えば、あの女性」

ヴィレはその中で、一人で道を急いでいる女性を指さした。

直後、彼の口から堰《せき》を切ったように怒濤《どとう》の言葉が溢《あふ》れ出した。

「見た目は二十代半ばかな？　指輪はあるから既婚者だろう。首に注目してほしい。化粧で隠しているが、痣《あざ》があるね。バイオリンの演奏者は時にあの位置に痣ができるらしいよ。でも、不思議だね。この国でバイオリンを嗜《たしな》めるのは富裕層のみ。でも、なぜあんな貧相な格好をしている？　訳あって没落した？　違う。唇が綺麗《きれい》だ。栄養が偏ったり手入れを怠れば、すぐに荒れる箇所。現在も生活レベルは維持されている。なのに、あえて貧しい格好をしている。気になるのはカバン。二重底だ。縫い目が変だろう？　自由派ブルジョワたちはクーデターを支援している。そして女性は警戒されにくい。娘や妻を利用して、機密情報を受け渡しているのかな――オリエッタ、キミの仲間に尾行させた方がいい。指導者が潜んでいるアジトが見つかるかもしれない」

一息に告げられた観察結果と推理。

突如大量の推理をぶちまけられたクラウスは「……っ」と呻《うめ》いてしまう。

しかし、本当の驚愕《きょうがく》は次にヴィレが口にした言葉。

「これを一秒以内に行う――直感でね」

なんてことのないように、あっけらかんと告げてくる。

ほぼノータイムに近い。

見た瞬間、即座に判断し、本質を見抜け、と言っているのだ。

「五分あれば、三百人は調べ終えられる。一時間で三千六百人。一日やれば、五万人。二人でやれば、十万人ってところかな。活動家の幹部なんて数日で見つかるよ」

異常な見込みを伝えられる。

無論そんなペースで人を見つけられるはずがないので、あくまで理想値。だが、ヴィレの態度には「人が視界に入れれば可能」という自負が滲《にじ》んでいる。

隣のオリエッタも愕然《がくぜん》としていた。

「この男」ぽつりと言葉が漏れる。「頭がどうかしているの？」

事務的だったクールな表情を崩し、口を開けていた。

ヴィレはそんな彼女を無視し、クラウスに語りかける。

「できそう？　クラウス？」

迷ったのは数秒。

「多分」小さく頷く。「――できる」

オリエッタが信じられないものを見るように瞬《まばた》きをした。

だが、実際クラウスにとって縁遠い技術ではなかった。

無意識で行い続けてきた。直感だけで物事を見極め、最善の選択肢を摑《つか》むスキル。

そうでなければ世界大戦で荒廃する街で、生き延びられなかった。ギャングたちと闘えていなかった。世界中のスパイたちと鎬《しのぎ》を削れなかった。

乏しい言語能力と引き換えに手に入れた、超直感。

「ん――極上だね」

分かっていたようにヴィレが背中を叩《たた》いた。

クラウスは緊張を解いて苦笑する。

「ただヴィレさんほどの精度は自信がない」

「最初は手伝ってあげるよ」

　ヴィレが優しく微笑《ほほえ》んだ。

「大切な弟分だ。ぼくの全てを注ぎ込んであげよう——キミが壊れないというならね」

　挑発的な物言いにクラウスもまた「当然……っ」と返答する。

　摑めない占い師に付き従い、クラウスはサルポリの大通りを進み始める。

◇◇◇

「……まさか、四日で仕上げてみせるとはな」

　差し出した資料を見つめ、ヴァンナは驚愕していた。

　サルポリ内にある、『アカザ姉妹』の拠点である。他の住人に正体を悟られないよう、一般のマンションの一室を借り上げている。

　その改造された室内で、クラウスたちは報告を済ませていた。

　捜査は圧倒的な速さで終わっていった。主にヴィレの活躍であるが、秘密結社の指導者や幹部たちに近しい者を見つけると、すぐにオリエッタを介して他の工作員に尾行させる。

次々とアジトを暴《あば》き、瞬《またた》く間《ま》にリストを九割以上埋めてみせた。

僅か四日間で、だ。

二十人以上の指導者や幹部たちの大半の所在地が明らかになった。今は一斉摘発に備え、他の工作員たちが監視を行っている。

ヴィレの観察眼は、怪しい者の特定だけではない。一目見ただけで、相手の弱みや欲求を高精度で言い当てられる。時に金を握らせ、時に悩みを解決し、身内に引き込んでいく。最終的には三十人以上の協力者がヴィレの手先になって、灰シャツ隊を裏切っていた。

「……さすがという他ないな」

ヴァンナは資料をライターで炙《あぶ》りながら、息を吐いた。

「これが『焔《ほむら》』か。敵に回したくない」

「当たり前だろ。オレらを舐《な》めんな」

何もしてないのに、なぜか威張っているルーカス。

ちなみに、四日間彼は人質として、優雅な生活を送っていたらしい。大衆小説を手当たり次第に読んで、ヴァンナにお菓子を要求し続けていたようだ。
二、三小言を伝えたくなったが、別のことが気になって口を挟む。
「このあとはどうするの？　活動家どもを拘束する？」

指導者たちが一斉に逮捕されれば、クーデターは阻止できるはずだ。四万人の灰シャツ隊も導く者がいなくなれば、烏合《うごう》の衆《しゅう》になる。

いつ彼らが首都へ進行してもおかしくない。拘束は直ちに実行すべきだ。

ヴァンナは「いや」と否定した。

「そこまで手を煩わせる気はない。明日は我々と政府軍が協力し、同時に全てのアジトを襲撃する。貴様らの手は不要だ」

「ふうん」

参加する気満々だったクラウスは、拍子抜けする。

ヴィレに「なんで残念そうなの？」と苦笑される。

「主義は違えど、同胞だからな。自らの手で仕留めてやりたい」

ヴァンナは微《かす》かに目線を落とした。

「国王は抹殺を命ずるはずだからな」

え、と瞬きをした。

あとは拘束するだけ、と考えていた。王国は法治主義のはずだ。どれだけ罪人であろうと裁判を受ける権利はある。

「何をいまさら」

オリエッタが呆《あき》れたように言う。

「国の治安を脅《おびや》かした賊を、王が許すはずない。指導者や幹部だけでなく、アジトに人間がどれだけいようと、その場で銃殺刑。そう命じられている」

「言いたいことは分かるけど」

クラウスは小さく言葉を漏らす。

「アジトは暴いてある。催涙ガスを使えば全員抹殺なんてしなくてもいい」

「それはスパイが判断することじゃない」

「相手は悪人じゃない。手段は荒いが、元はと言えば政府の失策が——」

言葉を途中で止めてしまった。

既にヴァンナもオリエッタも興味を失っていることに気づいた。彼女たちはクラウスの戯言《たわごと》に耳を貸すことなく、次に向けて動き始めている。

ヴァンナは部屋の隅にある金庫を開け、中から分厚い封筒を取り出した。どこか不服そうに、ソファのルーカスへ放り投げる。

「報酬だ。これを持って早く消えろ」

「ん、毎度」ルーカスは封筒内の札束を数え始めた。約束通りの額だったらしく、にやりと笑う。「また手が欲しいなら連絡してくれ」

「次は貴様以外が来い。お前の顔はもう見飽きた」

素っ気ないが信頼が感じられる声音だった。

ルーカスはそれ以上語ることなく「行こうぜ」と、札束をカバンに詰め込みながら部屋から出て行った。

◇◇◇

任務は夜遅くに終わったので、その日はホテルに一泊する運びになった。

ルーカスの提案で成功報酬の一部を使い、豪遊した。ビュマル王国は、ライラット王国と並ぶ世界的な美食の国。貝やイカがふんだんに使われたピッツァを食べ、海岸沿いにある最高級ホテルのスイートルームを予約する。

終始クラウスは騒げなかった。

この間も、ビュマル王国の首都では夜通し、クーデターを潰すための計画が練られているはずだ。翌晩には、軍や警察がアジトを襲撃する。ヴィレとクラウスが暴いた情報を手に、民衆を煽動《せんどう》した活動家は一人残らず抹殺される。

「…………………………」

スイートルームは最上階の七階にあり、テラスも用意されていた。

クラウスは一足先にホテルに戻った。

夜風に吹かれ、街を見下ろす。

テラスからは、サルポリを代表する歴史的建造物の城を眺められた。今はただの観光地。城の前には、号令を今か今かと待っている、灰シャツ隊の姿がある。

翌晩、司令塔を失った彼らはどんな末路を辿《たど》るのだろうか。

「どうしたの？　クラウス」

やがてヴィレが部屋に戻ってきた。テラスにいるクラウスを労《いた》わるような、柔らかな視線を送ってくる。

「悩みがあるんだろう？　食事の間もずっと気にしているようだった」

彼の隣には、ルーカスの姿はなかった。まだ飲み歩いているのか。

ヴィレはルームサービスでジュースを注文してくれた。届いたぶどうジュースを二つのシャンパングラスに注ぎ、テラスのガラス製の椅子に腰を下ろした。

この占い師に隠し事ができると思えず、クラウスは彼の隣に座る。

「ルーカスは、心が痛まないのか？」

自分たちがもたらした情報によって、多数の活動家が処刑される。

無論、活動家たちも覚悟していたことだろうし、彼らを放置すれば、市民が犠牲になるかもしれない。それを理解しても尚《なお》、息苦しい惑いが消えない。

ヴィレはシャンパングラスを摑む。

「なんで、それが気になるの？」

「なんでって……」

「本当はもっと根深いところで悩みを抱えている。違う？」

全てお見通しかのような薄い微笑み。

諦めの溜《た》め息を漏らしていた。

クラウスは、このミッションをこなす前から戸惑いを抱えていた。だが、それはうまく言語化できず、黒い靄《もや》のように心で溜まり続けていた。

「……僕だって人殺しの経験はある。たくさんの人の命を奪った」

時間をかけて言語化する。

かつて多数のギャングたちを殺したことがある。一切の躊躇《ちゅうちょ》なく。『焰』に拾われる前も、防衛のために殺したこともある。周囲の孤児から『モンスター』と蔑まれようと、凶行を止《や》めなかった。

本来ならば『カース』の処刑を批難できる立場ではない。

「……今後も必要に迫られれば、そうする。けど、最近、苦しくなる。ちょっとずつ世界が見えてきて……分かった。僕が殺してきた人間だって、愛してくれた人や愛する人がいる。大切な繋《つな》がりがある。それは、きっと──」

言葉を紡《つむ》ぐ代わりに、ギードやフェロニカ、ゲルデの顔を思い浮かべる。

孤児の自分を受け入れてくれた者。

いまだ自分にとって、彼らがどんな存在なのか分からない。だが仮に彼らを傷つける者がいれば怒るだろう。彼らの敵は、クラウスにとっても敵だ。

──痛みに満ちる世界で、繋がれた者たち。

その温かみに触れた時、それを奪う罪深さに気づいてしまう。

自分はどれだけの愛《いと》しい存在を奪ってきたのだろうか。

「……自身の境遇を客観視できるようになったんだね」

優しい声音でヴィレが口にした。

「人生を捉え直すことは、悪いことじゃない。ギードさんも喜ぶよ。普通の教育を受けず、ずっとスパイをしてきたんだもの。当然だ」

「……うん」

「だから気になるんでしょ。『焔』の次代のボスになる、兄さんのことが」

「……そういうことかもしれない」

自身をこれまで育ててくれた共同体──『焰』。

それは所詮、一諜報《ちょうほう》機関に過ぎない存在なのだろうか。自身は、ただ優れたスパイとして拾われたに過ぎないのだろうか。今ここで愛情らしきものを受け取っているのは、フェロニカやギードの判断に過ぎないのか。

──ルーカスの思考が読めない。

自身や国益のために、好き勝手な行動をしているとしか見えない。

しかし、それこそがまさにスパイとして正しく、本来の『焰』なのか。

「──好き勝手に言われてんな、オレ」

突如、背後から気だるげな声。

ハッと振り向くと、たった今クラウスが話題にした人物がいた。

「ルーカス……」

「ってか、なんでお前、弟には『さん』付けで、オレは呼び捨てなんだよ」

話を聞いていたらしい。

気配が全くなかった。無論ヴィレが気づかなかったはずもないが、彼はニコニコとした表情を浮かべるばかりで悪びれる様子もない。

ルーカスはバツが悪そうに頭の後ろを掻《か》いている。

「……しゃーねぇ。兄貴分として迷える弟分に、アドバイスを贈ってやる」

「はい？」

「好きにやれ。誰もお前を引き留めはしない」

まるで答えになっていない忠言。

彼はテラス席に置かれたままのぶどうジュースの瓶を摑《つか》むと、乾杯するようにクラウスのグラスに当て、豪快に直接瓶に口をつけて飲み始める。

残り全てを飲み干して笑う。

「オレたちは天才で、最強なんだ。だから誰よりも自由でいい」

◇◇◇

夜が明ける。

――政府軍による『クーデター』潰しが決行される十時間前。

太陽さえ昇りきらない早朝のこと。

静まり返った街を、ルーカスはたった一人で歩いていた。

活気の溢《あふ》れるサルポリ市街地から外れたところに、その丘はある。上品で落ち着いた邸宅が並ぶ地区は、かつて貴族たちが溶岩から避難してきたことが始まりという。千年前に礼拝堂が建てられ、六百年前には城が建設された。その城はサルポリの街を見下ろせ、外敵の侵攻をいち早くキャッチする見張り台の側面を持ち合わせていた。

サンティーガ城——今では観光名所の城に、ルーカスは入っていく。

無論まだ営業時間ではない。『立ち入り禁止』の柵を乗り越える。

外壁に沿うような石階段を上りきると、強い風が長い髪を揺らしていった。海から吹き込んでくる風が、サルポリの空を駆け抜け、ルーカスまで届く。

屋上からの眺めに目を眇《すが》めていると、その端に一人の男を捉えた。

ルーカスは小さく手を挙げた。

「どう？　クーデターの準備は？」

「っ、『煤煙《ばいえん》』様……！」

灰シャツを着こなす、禿頭《とくとう》の男が目を丸くしている。名はマレンゴ。まだ三十代半ばと外見の印象より歳《とし》は若いが、世界大戦を経験した軍人らしい。祖国への有り余る情熱を胸にこのクーデターを企画した指導者の一人。

「この度は御支援、誠にありがとうございました」

彼はルーカスを見るなり頭を下げた。

「アナタが諜報機関『カース』と通じていただけなかったら、我々は政府軍に潰されていたことでしょう。貴重な情報提供、感謝申し上げます」

「ってことは、指示通り？」

「えぇ。間もなくこの街でクーデターが始まります」

マレンゴはにやりと口元を歪《ゆが》めた。

「政府軍が準備を整える前に、急ぎこちらから暴動を煽動します。まずは街で火の手を上げ、混乱を引き起こす」

自慢げに語る言葉に、ルーカスは「ん、上等」と頷《うなず》く。

――『煤煙』のルーカスは活動家と内通していた。

ガルガド帝国で『アカザ姉妹』が手に入れた、ビュマル王国内の活動家リスト。それは当然協力したルーカスもまた目を通している。彼らの具体的な居場所は、既にヴィレが突き止めた。

マレンゴは諜報機関『カース』には報告していない活動家だった。

政治家ガッローネと最も親しく、このクーデターの中心人物。

「昨晩、アナタにアジトを突き止められた時は、肝を冷やしましたよ」

彼は愛想《あいそ》のいい笑みを零《こぼ》した。

「警察や諜報機関に通報されれば、我々は一巻の終わりだった。しかし、アナタは我々の味方だった」

「よく初対面のオレを信じてくれたな」

「当然です。あんな詳細な資料があれば、信じざるを得ない」

「政府軍の動きは大体、例の姉妹から聞いていたからな」

「それに『焔《ほむら》』という名は、耳にしたことがある。世界大戦の終結の立役者」

「ほとんどボスのおかげだけどな」

親し気に会話を弾ませていると、空気が割れるような轟音《ごうおん》が響いた。

「——始まったようです」

城の屋上の端に向かい、煙が立ち上る街を見下ろす。

市内八か所で同時刻に爆弾が起動した。火の手が上がり、市内各地から黒い煙が立ち上っている。早朝に突如叩《たた》き起こされた民衆は建物から飛び出し、悲鳴をあげ、逃げ惑う。子どもが泣き叫ぶ声が聞こえてきた。

この奇襲的な爆破テロは、サルポリの街の灰シャツ隊の大半が知らない。

事前に知っていたのは、一部の幹部たちのみ。

「おー、派手にやったなぁ」

ルーカスは驚いたように目を丸くする。

ハハッ、とマレンゴが高笑いし、街の様子を見せる。

「ええ、そうですとも。見てください。警察や政府軍はまるで対応できていない。泡を吹いて狼狽《ろうばい》するばかり。実に滑稽だ」

街では警察官が通りに出ているが、逃げ惑う人々を為《な》す術《すべ》なく見つめている。

夕方に突撃予定の彼らにとっては、早朝の爆発は想定外だろう。そもそも首都からの応援も集まりきっていない段階。

——だが、灰シャツ隊の人間は違う。

クーデターの開始を何日も待ち構えていた人間だ。突然の爆発に唖然《あぜん》とはするだろうが、すぐに事態を理解し、幹部たちの元に参集するだろう。四万人が集ってしまえば、今の警察や政府軍で止められるはずもない。

「灰シャツ隊は市内各所で号令をかける幹部の元に集い、すぐに進軍を始めるでしょう」

マレンゴは興奮で顔が赤らんでいる。

「首都の国会議事堂を取り囲むまで二日もかからない。ガッローネ様に首相になっていただき共和制を実現させる」

「…………………」

　ルーカスは無言で街を眺め続けた。

　巻き込まれた無辜《むこ》の市民には申し訳なさを感じる。

　首都ではなく、まさかサルポリの街で爆破事件が起こるとは思ってもみなかったはずだ。泣き叫びながら街を駆ける市民の姿がよく見える。赤子を抱えて必死に火の手から逃れる女性に胸が痛くなる。

　全ては自分が導いた結果だ。

　街の一部を破壊する提案を、マレンゴたちはすぐに受け入れた。クーデターを実現するために、必要な犠牲と判断した。

　マレンゴは改めて感謝の意を伝えるために握手を求めようとする。

「『煤煙』様、全てアナタのお導きゆえ――」

「あぁ、そうかい。ところで――」

　ルーカスは彼の手を払った。

「――このお遊びには、いつまで付き合えばいい？」

「はい……？」

城から見える、大通りには灰シャツ隊の人間が集い始めていた。一人の幹部を中心に、小銃を手にした男たちが怒声をあげている。数は五十人以上。

その五十人の集団が突如乱れたと思った瞬間――瓦解《がかい》する。

進軍は中々始まらない。

灰シャツ隊の人間が、クーデターを指揮する幹部たちの元へ集おうすると、彼らは何者かに襲われ、退散する。幹部もすぐに何者かに襲われ、昏倒《こんとう》していく。

市街地で次々と灰シャツ隊の集団は、襲われていった。

進軍を指揮するための人間が消されてしまえば、灰シャツ隊は烏合《うごう》の衆《しゅう》。誰の元に馳《は》せ参じればいいのか分からず、街で右往左往するしかない。

「なぜ……？　政府軍は準備などできないはず。一体誰が――」

マレンゴもまた異常事態に気づいたようだ。顔を青くさせている。

ルーカスもまた驚いてはいた。

事前には聞いていたが、想像以上の働きを見せてくれている。

「ギードさんとゲル婆《ばあ》に鍛えられただけはあるぜ。まるで修羅だ」

彼の武勇を称《たた》えながら、ルーカスは口にした。

「アンタのクーデターを終わらせるのは——オレの弟分だ」

◇◇◇

ビュマル王国諜報機関《ちょうほうきかん》『カース』の工作員『飼育員』は、爆破テロに呆然《ぼうぜん》としていた。

幼少期から特異な才能を認められ、十八歳で現場に投入された若き女性工作員。極右活動家を取り締まるためにサルポリで活動していた彼女は、早朝の街で響いた爆発音に仮眠室から飛び出し、その惨状を目《ま》の当《あ》たりにした。

（一体、何が………）

街の至る所で立ち上る煙と、響き渡る市民たちの悲鳴。

上層部からの報告では、灰シャツ隊の進軍は翌日になる見込みだったはず。予想外の事態に、目の前に広がる悪夢を呆然と見つめるしかない。

街の灰シャツ隊は進軍開始の合図だと察したようで、次々と路上に飛び出している。

彼女はすぐさまに作戦室に向かい、上官の元を訪ねた。

「オリエッタ様っ‼」

『アカザ姉妹』として各国に名を轟《とどろ》かせるスパイの妹が、彼女の上官だった。

彼女は深海色の瞳で街を見つめている。

「いち早く市民を逃がしましょうっ！　応援が来るまで――」

「――『円卓』から指令が出た。今すぐ灰シャツ隊を皆殺し」

淡々とオリエッタが口にする。

『円卓』とはビュマル王国の内閣に相当する。国王と首相、各省の大臣たちで構成された国家を動かす最高機関だ。

おそらく首相か国王かがこの爆破テロの知らせを受け、直ちに指令を出したのだろう。

「今すぐ皆殺し……⁉」

だが内容を信じられず『飼育員』は目を丸くする。

「僭越《せんえつ》ながら申し上げます。無理です！　四万人もの軍人を我々だけで制圧するなど。それに大規模に火器を用いれば、避難していない市民が――」

「巻き込んでも構わない」

「え……」

「首都に進軍させるよりマシ。それが『円卓』が出した判断」

オリエッタの声には悲哀が滲《にじ》んでいる。

「最悪――アナタの切り札を使え、と」

突きつけられた答えは、爆弾よりも苛烈な虐殺の指示。

『飼育員』はコードネームの通り、ある存在を育てている。その管理の才能を認められ、諜報機関に配属されたのだ。

だが本人の望みは、あくまで国民たちを助けること。

無辜の市民たちを殺すことでも、ましてや国の改革を望む活動家を殺害することでもない。経済政策の失敗に憤怒《ふんぬ》する彼らの気持ちは痛いほどに分かる。彼女の家族は、貧困により医療費が払えず、流行《はや》り病で亡《な》くなっている。

「……守る、必要あります？」

思わず呟《つぶや》いていた。

「こんな国王を……豚どもを……なんで、我々は殺し合うのでしょう？」

「アタシたちが考えることじゃない」

「罰せられるべきは王政府では⁉」

「なら、アナタに何ができるというの？」

まるで興味なさそうにオリエッタは『飼育員』と目を合わせようとしない。

彼女の視線は、サルポリの街に向けられ続けている。

爆弾から逃れる場所を探して、大通りを右往左往する市民。その市民を押し分け、小銃を抱えて宿から飛び出してくる灰シャツ隊の男たち。「進軍だぁ！」と雄たけびを上げ、他の隊員たちに決起を呼びかける。高ぶった彼らは示威行動と言わんばかりに商店のショーウィンドウを割り、騒ぎ立てる。

（……ここで彼らを止めねば、今度は首都が火に包まれる？）

綺麗事《きれいごと》や正義など通じない、暴力の世界。

殺し合うしかない、という現実。

（……他の市民を一切、巻き込まず？　そんなの不可能で――）

目の前の惨劇を見て、無力感に打ちひしがれる。無理だと誰もが分かった。

その時、オリエッタが「いや、やはり様子を見よう」と真逆の提案をした。

なぜ翻《ひるがえ》すのか、と疑問に感じた瞬間、ありえない光景が目に飛び込んでくる。

――大通りに集まり始めていた灰シャツ隊の男たちが、突如、昏倒した。

さっきまで怒号を上げていた屈強な男たちが、次々と倒れていく。

暴力さえ封じる理外の暴力、と気づくには時間を要した。咄嗟《とっさ》に窓に飛びつく。

「……アレが『破砕者《アックス》』か」

戦慄したようにオリエッタの声は震えている。

『飼育員』は心を打ち震わせる感情と共に、その男の武勇を見届けた。

◇◇◇

クラウスは駆けていた。

街の至る所で火が回り始めている。警察や軍隊は慌てふためくばかりで何も役に立っていない。逃げ回る市民を避難させることに手一杯だ。人も足りていない。本来は夕方までに秘密裏に人を集め、一気にアジトを奇襲する計画だった。早朝の段階では、市中に人員が到着していない。

灰シャツ隊の多くも、この事態は想定していなかったようだが、幹部たちからの伝令が行き届き、市の西部に集まり始めている。首都へ進軍を始める気だ。

それを防ごうとする一部の勇敢な政府軍と衝突し、市中で銃撃戦が始まろうとする。

――その争いが起きる前に、クラウスは灰シャツ隊を制圧する。

《クラウス。そこから道を走るトラックに乗って、四百メートル西へ》

無線から届くのは、ヴィレの指示。

街を見渡すヴィレが、抗争が勃発しそうな場所や幹部の位置を的確に教えてくれる。その地点に爆速で移動し、対処するのがクラウスの役割。

（全く無茶苦茶なことを考える……）

一瞬で五人ほどの灰シャツ隊を昏倒させ、クラウスは市中を走るトラックに飛び乗る。道中で飛び降り、広場に集い始めている灰シャツ隊を見つけ、幹部を強襲する。

（——他の灰シャツ隊が結集する前に、このクーデターを終わらせる）

さすがに四万人の人間が一斉に決起すれば、手に負えない。

政府軍や警察ほどではないにせよ、灰シャツ隊もまた突然のクーデターの開始に困惑している。少しずつ街に姿を現しているが、動きは遅い。

——急所は、クラウスとヴィレが対処する。

それさえ行えば、あとは態勢を整えた政府軍が対処してくれる。

《クラウス、次は北西に移動。ラミュエル旧宮殿の地下をアジトにした連中が、そろそろ動き出すはずだ》

広場にいた幹部を気絶させたクラウスは、次の移動を開始する。そこには他に百人ほどの灰シャツ隊がいたが、司令塔を失った集団に興味はない。

この時期クラウスが振るっていたのは、大ぶりのナイフ。

——『炬光《きょこう》』のギードから授けられた、敵を破壊する攻撃の武力。

——『炮烙《ほうらく》』のゲルデから受け継いだ、不死身と化す防御の技術。

十五歳のクラウスは、既に世界水準の格闘能力を会得《えとく》している。

（というか、ルーカス。最初から僕にこれをさせる気だっただろ……！）

ギャンブルで一文無しになったのは、自分を従わせるためか。

思えば彼はフェロニカに『任務でやり忘れたことがある』と電話で伝えていた。それは嘘《うそ》ではなく真実だったのだ。

（……どこまで計算していやがった）

兄貴分に悪態を吐《つ》き、クラウスは市中で灰シャツ隊を襲い続けた。

◇◇◇

「考えたんだよ。このクーデターをどう終わらせるか」

次々と灰シャツ隊が潰されていく街を見下ろし、ルーカスは解説する。

「王政府の言う通りに関係者の処刑？　違う違う。そもそも元凶は王政府の失策だ。無理やり封じ込めても、第二第三のクーデターが起こる。その度に市民の血が流れるのか？　認められるかよ、そんなもん。だが、灰シャツ隊が進軍すれば内戦になる。これも論外」

だから彼は止めることを早々に諦めた。

思いついたのは、逆の発想。

「――半端《はんぱ》な暴動を起こさせるべきなんだ」

それこそがルーカスが活動家と繋《つな》がった理由。

「半端に王政府をビビらせるだけ。それでいい。全部中途半端に終わらせる。それが、このクーデターのゴールだ」

「そ、そんな結果で終わらせられるか！」

マレンゴは唾を飛ばして叫んだ。

「たとえ今回は失敗でも、我々は断固として――」

「こんな派手に爆弾をぶっ放して、民衆は応援してくれんのか？」

「――っ！」

「灰シャツ隊の連中は、酒場で意気揚々と騒いでいたが、アレがなんでできたと思う？　サルポリ市民にとってみれば、アンタらが王政府を倒してくれる英雄だったからさ。だから歓迎していた。まさか街を爆破する粗暴者と誰が思うかよ？」

ルーカスは相手にせず口にした。

「民衆を敵に回した活動家なんざ、ただの無法者。オレに乗せられたのが運の尽きだな」

それは、歴史が証明した事実だ。

近年、人権意識の高まりにより多くの国で市民革命やクーデターが行われている。その中で一つの真実が示された。

――大衆は革命に疲弊する。

政府に対する不信感はあっても、毎日のように自身が暮らす街で発砲事件や銃撃戦が起きては敵《かな》わない。毎年のように街の景観が壊されることは望まない。

国中から四万人の賛同者が集まるような運動は、しばらく起きないだろう。

「……アナタの目的はなんだ？」

マレンゴは事態を察したのか、悔しそうに睨《にら》みつけてくる。

「我々を弄び、何がしたい？　アナタは一体、何者なんだ？」

「バランサー」

ルーカスは短く答えた。

「双方の利害を調整する。味方にも敵にもならない、ただのゲーム師だ」

マレンゴは理解できないように顔をしかめている。

が、この場に留《とど》まる理由はないと察したのだろう。彼が現場に立てば、まだクーデターは軌道に乗るかもしれない。身を翻し屋上から去っていく。

だが彼が石階段を下ろうとした時、突如仰向《あおむ》けにひっくり返った。

マレンゴは泡を吹いて伸びている。

屋上に新たにやってきた人物に殴られたようだ。

「ご苦労だったな。よく、この男を呼び出してくれた」

『アカザ姉妹』の姉——ヴァンナ。冷ややかな視線を向けてくる。

ルーカスはヘラヘラと笑った。

「オレの計画、認めてよかったのか？　美しい都市が破壊されてんぞ」

「ワタシは知らん。どこぞのスパイが勝手に活動家連中に情報を流した結果だ。こんな被害など想定外だ。一体、誰が雇った輩《やから》だろうな」

「おい」

「なにが『おい』だ。全部、貴様の計算通りだろう」

この計画は双方の合意の上だった。

諜報《ちょうほう》機関『カース』に所属するスパイが、活動家に街を爆弾で破壊させる計画を承認するはずもない。

ゆえにルーカスが、一人で担《にな》った。

二人は言葉こそ交わさなかったが、お互いの思惑は把握している。

「ヴァンナさんの見解を知りたいな」ルーカスが尋ねる。「今後、王政府はどうする？」

「国家機密を明かせるとでも？」

「じゃ、耳を塞ぐから」ルーカスは両耳を両手で覆う。「どうぞ独り言を」

「……当然、重く受け止めるだろう」

ヴァンナは不服そうに顔をしかめたが、明かし始めた。

「一つ間違えれば、亡命せざるを得ない事態を招いたわけだからな。彼らの要求を一部、呑《の》むしかないだろう。ある意味でクーデターは成功だ」

「なるほどね」

ルーカスは両耳から手を離して、笑いかける。

「けど、アドバイスだ。王政府に進言しておけよ。『活動家は処刑しない方がいい』って」

「理由は？」

「国民から嫌われた活動家なんざ、後は勝手に自滅していく。放っておけ。器を大きく温情を示させとけよ。感情任せに動くな——無駄な血は一滴たりとも流させるな」

確かに脅迫するように声のトーンを落とす。

ヴァンナはつまらなそうに「それも思惑通りか」と頷《うなず》いている。

◇◇◇

——後の歴史が証明することだ。

ビュマル王国の国王は、活動家たちの希望を受け止め、ガッローネに組閣を命じ、政治の座から降りる。

一部要求が承認されたことで、活動家たちは、王制廃止を求める「急進派」とこの結果に一定の満足を示す「穏健派」に空中分解。マレンゴを信奉する「急進派」はサルポリ市民から恐怖の対象と見られ、勢いをなくして地下に潜伏していく。

諜報機関『カース』はクーデターにおける活動家の暴走を迅速に収めた功績により、ビユマル王国内の地位を高めていく。

これらの事件は『無血クーデター』として世界の歴史に刻まれる。

◇◇◇

それをバイト感覚で成し遂げたルーカスは大きく伸びをした。

役目を果たしたと言わんばかりに肩を鳴らし、城の屋上から去ろうとする。いまだクラウスとヴィレが奮闘しているだろうが、ルーカスには何もできない。格闘はからっきし苦手だった。どこかで水でも手に入れてやろうと考え始める。

「一つ確認したいことがあった」

ヴァンナに呼び止められた。

なんだよ、と足を止めると「噂《うわさ》では、ギャンブルが苦手らしいな」と告げられる。

「それがどうした？」

「俄《にわ》かには信じがたいな。千戦無敗のゲーム師、という触れ込みだったはずだが」

どうやらヴィレから聞いたようだ。彼は兄の醜聞を嬉々《きき》として広める時がある。

ルーカスは肩を竦《すく》めた。

「マジだよ」

「なぜ？」

「お前が今言ったじゃねぇか。千戦無敗。本気を出せば、百パー勝つからだよ」

ヴァンナは瞬《まばた》きをした。

それは常人にはおおよそ理解できない、彼の常識。

「必ず勝つギャンブルなんて、ただの労働だろ。労働は嫌いなんだ」

◇◇◇

かくしてルーカスの導きで、半ば成功半ば失敗という結果で終わったクーデター。

ある意味で平等に、誰にとっても不満が残る結末だった。特に、このクーデターを陰で支援していたガルガド帝国の諜報機関は大きく嘆いた。

しかし、成果がないわけではない。

ビュマル王国の政治に大きく干渉。かつて帝国を裏切った王政府の失墜。

そして任務の中心で動いていた——彼女の有用性を確かめられた。

「あぁ、マレンゴさん……クーデターに失敗したのですねぇ……」

灰シャツ隊の進軍は朝の九時を迎えても始まることはない。

政府軍の意表を突く奇襲の早朝進軍のはずだが、まるで統率が取れていなかった。本来指示を出す司令塔が逆に襲われ、四万人近い灰シャツ隊は右往左往するばかり。なんて無残な結末か。爆発の責任を押し付け合って、他の市民とケンカを始める始末。いずれ駆けつけた警察や政府軍に取り締まられ、終わっていくだろう。

革命を煽動《せんどう》した極右結社のアジトで、彼女はすすり泣いていた。

「マレンゴさんはとても優しい方でした。夫に先立たれ、娘のためにガルガド帝国のスパイになるしかなかったわたしを気にかけてくれて……」

「どうか今すぐ逃げてください」

いまだアジトに戻らぬマレンゴの安否を憂う彼女に、他の男性隊員が声をかける。

「アナタがいなければ、我々はクーデターを始めることもできなかった。お逃げください。政府軍はこちらで引きつけますので」

彼女は多数の火器をサルポリに運び入れた。他の同胞と連携して、塩袋の中に大量の小銃を忍ばせた。武器を横流しして、このクーデターを支援し続けた。

不思議な色香がある女性だった。

早くに夫を亡《な》くした、未亡人。幸が薄そうな色の薄い肌は、男たちの庇護《ひご》欲をそそり、守ってあげねば、という正義心を駆り立てる。ただの協力関係以上に、この女性のことを気にかける隊員も多かった。

マレンゴもその一人だ。彼女の言葉に何度も耳を傾け、時にベッドを共にした。

それが破滅に導かれる道とも知らずに。

「アナタは可哀想《かわいそう》な人だ。今後、娘さんと歩む人生に幸多からんことを」

多くの男性隊員たちに励まされ、彼女はアジトを去る。

最後の最後まで薄幸の女性を演じながら、男性隊員たちに別れを告げる。

うひゅ、と小さく笑って。

途中、サルポリの街で遊んでいた娘を回収する。娘は爆炎が引き起こした火災を、どこか眩《まぶ》しそうな目で見つめている。気味悪い、と感じながら、娘の手を引いた。

コードネーム『狐媚《こび》』――それが彼女の名だった。

「……しかし、不愉快だわ。マレンゴさんに変な情報を吹き込みやがった男。アレがなければ、もっと面白いことになったのに」

「お母さん、どうしたのー？」

突然呟《つぶや》きだした彼女を不思議そうに見上げる娘。

「少しね。ふふっ、ディン共和国にイタズラしたくなったの」

「また移動ー？」

「えぇ。ちょっと鬱憤を解消するの。わたしの計画を邪魔してくれたお礼に」

娘の手を引きながら、灰シャツ隊と政府軍が争う街を進む。

「鉄道事故でも起こそうかしら──ちょうど不良品を処分したかったところだもの」

マティルダという名前で『灯《ともしび》』の前に現れる彼女は、娘の手を握る。

彼女の娘が不慮の鉄道事故に遭い、記憶を失《な》くす数か月前のこと。いずれ彼女が『忘我』の名を手にする少し前の出来事。

◇◇◇

その催しは、リーディッツ中央駅の駅前で行われた。

名目は『リーディッツ市民感謝祭』。

開催五日前に告知された、あまりに唐突なイベント。しかし駅前一帯が交通規制され、多くの企業が協賛して金を出した。主催者は実態のないペーパーカンパニーであったが、誰もその事実を指摘することはなかった。

路上は多数の屋台で埋め尽くされ、大きな賑《にぎ》わいを生んでいた。多くの大道芸人たちも参加し、足を止めた人々からおひねりを頂戴している。ステージの方には市民音楽隊が飛び入りで参加し、時にセッションをしながら、心地よい音楽を奏《かな》でていた。参加者は一万人を超えたと後日、新聞は報道する。

大半は、国民の自主性に任せた気ままな祭り。

ゆえに、誰も主催者の思惑など考えなかった。

その祭りの中心には――一つだけ立派なテーブルが置かれていた。

どこよりも人々の笑い声が聞こえてくる中心にいたのは、七名の男女。

久しぶりに全員集合した、『焔《ほむら》』のメンバーたちである。

「ほら、ゲル婆《ばあ》。ビュマル王国で大量のワイン、買い込んできた」

ルーカスはテーブルから離れ、自由に動いていた。大量の酒とツマミを目の前に並べているゲルデに酌をしながら、雇った臨時の使用人に追加の食べ物を買ってこさせる。

とにかく彼は忙《せわ》しない。

呆《あき》れた顔のギードに「お、今日もダンディですね。どこでジャケット買ってます?」と声をかけ、苦笑しているフェロニカに「あ、ボス。借金のことですけど、ね。待ってください。マジで」と頭を下げ、演奏に耳を傾けるハイジに「ハーイジ、あんまクラウスいじめんなよ?」と笑いかける。

パーティーを市民祭という形で開催することを提案したのも彼だった。

ビュマル王国で得た金と元々ある人脈を駆使し、たくさんの企業や政治家に根回し。

見事、この『市民祭』の開催を取り付けた。

ここまで大がかりにする気はなかったフェロニカは苦笑いをしているが、怒ってはいないようだ。ギードは頭が痛そうにしているが。

「……つまり、ただの剽軽者《ひょうきんもの》?」

「そういうこと」

クラウスの疑問に、隣のヴィレがご機嫌な様子で頷《うなず》いている。

話題は、ルーカスのことだった。

「享楽主義者っていうのかな。誰であろうと、血が流れるのが嫌なんだ。できる限り楽しいように、できるだけ笑えるように。そんな世界をとにかく好んでいる」

兄の人となりを、ヴィレはそうまとめあげた。「普段はギャンブル好きのバカ者だけどね」とテーブルに頬杖《ほおづえ》をつき、浮かれたルーカスに愉快がるような視線を送っている。

「案外ね、『焔』の思想と離れていないんじゃないかな？　フェロニカさんも認めているわけだから」

「…………」

「どう？　今のキミから『焔』はどう見える？」

今度は、クラウスに視線を向けてくる。ルーカスと全く同じ瞳で。

大きく息を吸い込んだ。

「僕は――」

「おい、クラウス」

声は飛んできた大声で封じられた。

顔を赤くさせたルーカスが、ワインボトルを握った手を、クラウスの肩に回してくる。

ヴィレとクラウスはほぼ同時に「うわ、酔ってる」「ゲル婆に絡むから」と抗議の弁を伝えたが、ルーカスは聞く耳を持たない。

「お前さ、来週からはオレたちと一緒にマルニョース島に来い。任務だ。オレたちからもみっちり技術を叩《たた》きこんでやる。口調、所作まで徹底的にな」

彼の口の端《は》がニッと上がった。

「──弟分として可愛《かわい》がってやる」

既にフェロニカとギードの許可は取っているようだ。彼らから呆れたような笑みを向けられている。

クラウスは躊躇《ためら》いなく頷いた。

「ん……分かった」

自然と湧き出た感情をそのまま口に出していた。

もっと近くで見たくなった。

──『煤煙《ばいえん》』のルーカスがいずれ作り上げる新たな『焔』を。

──そして、それを支える『灼骨《しゃっこつ》』のヴィレの献身を。

二人の兄貴分たちについていきたかった。偉大な彼らと肩を並べられるように。

心の中で芽生え始めている感情──それにはいまだどんな名前を付けていいのか分からない。けれど、彼らといれば見えるはずだ。

双子は、同時に微笑《ほほえ》んだ。

「極上だぜ」「極上だね」

やがて双子はまた他の仲間に絡んでいく。

市民たちの演奏に混じりたそうにウズウズしているハイジにルーカスが「加減しろよ。

お前の本気は市民のトラウマになる」と諭し、ハイジが「承諾しかねる。伝説を刻んでやろう」と偉そうに返し、ギードに「お前が立ち上がった瞬間、気絶させる」と脅されている。海外の政治事情で盛り上がっているゲルデとフェロニカの元には、ヴィレが「新しいワインを持ってきましたよ」と差し出し、ゲルデから「やっぱり次のボスはヴィレにしないか？」と褒められている。フェロニカは「危険すぎるわよ。兄の窮地を喜んで作りそうだもの」と呆れていた。

『焔』の中核を担《にな》う双子の周囲には、常に笑顔が溢《あふ》れている。

そんな光景を眺めながら、自然とクラウスもまた口にしていた。

「――極上だ」

◇◇◇

『燎火《かがりび》』のクラウス、十五歳。

この時期、双子に導かれたクラウスは更なる飛躍を遂げていく。格闘だけでなく、スパイとしての多くの技術を会得《えとく》する。

暴力しか知らない孤児だった少年が、世界最高峰のスパイに変わり始めていた。

それは『無血クーデター』を契機に加速する、世界の混沌《こんとん》と呼応するように。

追想《煤煙《ばいえん》》と《灼骨《しゃっこつ》》

市民祭最中のルーカスとクラウスの会話。

「なぁ、クラウス。今回、オレってお前のことをお世話したじゃん？」

「逆じゃなくて？」

「というわけで、お礼を要求するぜ」

有無を言わせず、ルーカスが弟分に圧をかけた。

「――素敵な女性とお酒が飲みたい」


かくして市民祭の終盤、男たちだけで飲む場所を変えた。適当な理由をつけて女性陣と別れ、ルーカスはヴィレとギードを引き連れ、酒場に向かう。その店にクラウスが街で声をかけた女性を連れてくる算段だ。無論『焰』メンバー以外とは命じてある。

移動中、ヴィレは突然の展開に顔をしかめた。

「兄さん、なに？　そのウザ先輩ムーヴ」

「教育だよ、教育」ルーカスはにこやかに手を振る。

「ギードさん、その辺教えてなさそうじゃん？　女性の口説き方なんて、スパイとして基礎の基礎なのに」

ルーカスは女性遊びを好むタイプではない。純粋にクラウスを案じてのことだ。

スパイにとって異性を口説くのは有用なスキル。女性の家を潜伏先にするなど常套手段。死んだ夫の名義を借りて、成りすます者もいる。

ギードは不服そうに首を横に振った。

「他に教えることが多かったからな」

「……現状、戦闘マシーンみたいになっちゃってますけどね」

苦笑するヴィレに続いて、ルーカスが「適材適所っすよ」とフォローを入れる。

「これからオレたちが教えますって。今晩は現状の実力をテストですわ」

「兄さん、楽しんでない？」「確実にそうだろ」

「何をおっしゃいますやら、お二人さん。オレは兄貴分として、アイツの心配を――」

「師匠、ヴィレ兄さん、ルーカス兄さん」

突如、背後から声をかけられた。

後ろに立っているのは、クラウスだった。まだ女性を探しに出かけていないらしい。

彼は気だるげに街に向かって、親指を指し示す。

「一人につき一人ずつ、女性を連れてきてくれる？」

「「オレらにも割り振りやがった⁉」」

一方的にクラウスは命じて、街の方に走っていく。

あの弟分が上下関係など考慮しない、マイペース男というのをルーカスは忘れていた。


二十分後、店には三人の女性が集まった。

クラウスに言った手前、自分たちが口説けないのは沽券《こけん》に関わる。ルーカスは、言い寄ってくる男を邪険にしていた女性を。ヴィレは、市民祭の片隅で寂しそうにしていた女性を。そしてギードは、まだ飲み足りない酒好きの女性をしっかりエスコートしてきた。

その三人の女性を見ながら、クラウスは呆然《ぼうぜん》と呟《つぶや》く。

「師匠は苦手だとばかり……」

「俺をなんだと思っているよ」

「案外、オールラウンダーだぜ？　ギードさんは」

ルーカスは付き合ってくれた女性陣のため美味《おい》しい料理と酒を注文する。もてなしの姿勢を見せたあとで、クラウスの方に近づいてきた。

「で？　クラウスの方は？」

「いや、うまくいかず……」

目を逸《そ》らすクラウス。

結局、誰も見つけられず店に向かうしかなかったという。「これが任務ならナイフで脅迫して連れて行くのに」と悔しがり、ギードに「任務でも控えろ」と頭を叩かれる。

男性陣に連れられた女性はみんな、楽しそうに会話を弾ませている。

ルーカスとギードが巧みに場を回し、一人一人に気を配っていた。

「案外、クラウスも可愛いところがあるんだね」

女性陣に酒を振る舞ったあとで、ヴィレが微笑《ほほえ》む。

「しっかり教えるよ。クラウスは女性の扱いで苦労する気がする」

「ヴィレ兄さんが言うと当たりそうで嫌だ」

「──予言します。キミは、いつの日か、たくさんの女の子に囲まれて生活します」

「……脅しは止《や》めて……学ぶから」とクラウスは静かに無力を認める。

4章《燎火《かがりび》》表Ⅳ

陽炎《かげろう》パレスの食堂には、十人掛けのテーブルがある。

純白のテーブルクロスがかけられた、黒木のテーブル。住人は仕事がなければ、ここで昼食を共にするのが習慣だった。

昼食の担当は、下っ端《したっぱ》であるクラウス。

口煩《くちうるさ》い姉貴分の調理指導もあり、また、世界各国を回る住人のお土産もあり、毎度美味な料理が振舞われる。この一時は、住人の大きな楽しみになっていた。

春の終わり、和やかな昼食のテーブルに金髪《きんぱつ》の青年が乗っていた。

靴を脱ぎ、テーブルの中央に座っている。それこそ調理された丸鶏《まるどり》のように身体《からだ》を縮め、真ん中の席に座る女性に頭を下げていた。

「ボス、金を貸してください‼」

『煤煙』のルーカスだった。

「任務資金を全て競馬で溶かしました。後生です。これ以上頼みません。借りる可能性もないわけではないですが、それはともかく今、金をください」

実に声高に昼食の一時をぶっ壊す男。

彼が要求している相手は『紅炉《こうろ》』のフェロニカ。紅髪の美しい女性は、こめかみの辺りをひくつかせ、行儀悪くテーブルに乗る男に微笑みを送っていた。

彼女はちらりと横を見た。

「ゲルデさん」

「ん？」

「ルーカスが修行をつけてほしいって。性根を叩《たた》き直してくれる？」

「はいよ。三日間、立ち上がれなくなるけど構わないね？」

「あああああああああああっ‼」

フェロニカに指示され、『炮烙《ほうらく》』のゲルデがルーカスの襟元を摑《つか》む。六十を超えるとは思えないほど筋骨隆々とした女性は、酒瓶を手に、ルーカスをテーブルから引きずり下ろす。

途中ゲルデは、ルーカスに瓜二《うりふた》つの青年を見た。

「ヴィレ、言っとくけど助けるんじゃないよ？」

ゲルデは、連行される兄に手を振っている『灼骨《しゃっこつ》』のヴィレに釘を刺す。

「アンタは兄に甘いところがあるからね。いくらアンタでも――」

「え、助ける？　どうして？」

「…………」

「面白くやっちゃってください。あとで観覧します」

「……アンタの愛、アタシには理解できないよ」

助けを求める兄の悲鳴に耳を貸さず、ヴィレは昼食を再開した。

フェロニカも邪魔者は去ったと理解し、ニコニコとスパゲッティを食べている。旬のアサリをたっぷり使用した、ボンゴレビアンコだ。「おいしいわね」「ワインが飲みたくなりますね」と二人はご機嫌に会話をしていた。

その正面で額を手で押さえているのは、『炬光《きょこう》』のギード。全員が好き勝手に行動をし始めた時の調整は彼の役目だ。

「……ボス。制裁はいいんですが、ルーカスはこれから任務が――」

「腹が立ったんだもの」

「それは同意しますが」

「ひどい話よ。あの子に貸したお金でそろそろ豪邸が建てられるわ」

「……そんなに貸しているんです？」

「ええ。一生涯私に尽くしてもらわなきゃ困るから。先に貸したの」

　ただ限度はあるのよね、とフェロニカは困ったように眉を顰《ひそ》める。もっと貸して来世も尽くしてもらおうかしら、と恐《こわ》いことを言い始めた。

　ギードは黙って首を横に振り、厨房《ちゅうぼう》から戻ってきた少年を見つめる。

　彼はエプロンを脱ぎ、自身が作った山盛りのスパゲッティを食べ始めた。

「バカ弟子、行けるか？」

「構わないよ、師匠」

『燎火《かがりび》』のクラウスは、あっさりと了承する。

　――クラウス十七歳。

　ルーカスとヴィレとの長期外国任務をこなし、その所作は一気に洗練された。身長も更に伸び、年齢以上に大人びて見える。これまでの粗野な口調が大きく変わり、態度に落ち着きを宿していた。

　スパイチーム『焔《ほむら》』での日常風景。

　普段は外国に長くいる仲間がこうして集まれるのは貴重な時間だった。

「――極上だ」

　自然とクラウスの口から言葉が漏れていた。

◇◇◇

——世界は痛みに満ちている。

世界大戦が終結して七年。大戦による政治的動乱が世界各国で一気に高まっていた時期だった。合衆国派と帝国派で国内が二分するフェンド連邦。帝国の賠償金支払い遅滞を理由に、帝国の工業地帯を占領するライラット王国。そして何より二年前に起きたビュマル王国のクーデターは、世界各国の活動家たちを活気づけていた。

政治的に安定していたのは、ディン共和国のみと言っても過言ではない。

『焰』を中心とするスパイの活躍により、混乱が少なかった共和国は、スパイ教育に力を入れることができた。かつてガルガド帝国を敗戦に導いた功績と、次々と生まれる優秀なスパイは、世界の諜報《ちょうほう》機関を震撼《しんかん》させた。

共和国は『スパイ強国』に変貌を遂げる。

連合国はこの小国を侮《あなど》ることなく、帝国の監視塔として重宝した。帝国とは隣国で地理的条件も良い。フェンド連邦とライラット王国は経済支援を餌に、この国を身内に引き込んだ。この密約には改心したゾーム＝ミュラー議員も関わっているという。

この時期、ディン共和国の安寧は、紛れもなくスパイによるもの。

そして、それは数千万人の命が——一人の女性の双肩《そうけん》にあることを意味していた。

◇◇◇

「龍沖《ロンチョン》に行ってほしいの」

フェロニカから任務が下される。

ルーカスの代わりに国内の仕事を為し終えた直後だった。

当のルーカスはゲルデを酒で買収して、逃走。途中ギードに見つかり再拘束。今度こそフェロニカに激怒されて『対外情報室の収容所で、捕らえたスパイを二十人、口説き落とすまで監禁生活』が命じられた。あとでクラウスがヴィレと見学した際、ルーカスは笑顔で「一日で親友が五人増えた」と自慢していた。楽しそうだ。

『最初から計算通りなのかもね、お互い』というのがヴィレの談。

なんだかんだ『焔』のために身を粉《こ》にして働きたいルーカスと、部下に無理をさせることを好まないフェロニカ。その両者の思惑の結果が、罰という形を取ったらしい。なんて面倒な、と感じなくもないが、それが二人の信頼関係らしかった。

——日に日に『焔』にのし掛かる負担が増している気がする。

その実感はクラウスも抱いていた。

ゆえにフェロニカの部屋で任務を命じられた時も「もちろんだ」と即答する。

「龍沖か。具体的な内容は？」

「どうにもキナ臭い話なのよね」

彼女はファイルを複数差し出した。

「例のビュマル王国のクーデターが、極東にも影響を及ぼし、極東諸国の軍人たちが政権奪取を画策している。泥沼化すればフェンドやライラットも黙っていない。新たな戦争の火種になる前に、いち早く動向を掴まなくてはならない」

彼女は声のトーンを落とした。

「——しかし我が国のスパイが龍沖で次々と拘束され、消息を絶っている」

ゆえに『焔』の出番ということか。

同胞が失敗した任務を果たすのが自分たちの仕事だ。

「優秀なスパイ狩りがいるようだな」

ファイルを速読しながら口にする。

「龍沖や龍華民国にそんな人物がいるとは聞いたことがないな。確かにキナ臭い」

「………………」

「どうした？　ボス」

返答に間があったので尋ねると、彼女は哀《かな》し気に息を吐《つ》いていた。

「いや、アナタのその畏《かしこ》まった口調、寂しいなって」

「は？」

「やっぱり、あの双子なんかに預けるべきじゃなかったかな？　でも、これも立派な成長なのよね……うん、受け入れるわ」

気が抜けたコメントに、苦笑してしまう。

口調を変えたのは、ルーカスとヴィレからの指導だった。『俺らの弟分なんだから、もっと洗練しろ』と命じられ、立ち居振る舞いから女性の口説き方まで徹底的に仕込まれた。格闘に重きを置いていた、これまでのギードやゲルデの指導とはまるで異なる。

自身の成長は気に入っているが、フェロニカにはショックらしい。

「成長が早いわね、クラウス」

「僕が『焰』に来てから、もう七年目だからな」

クラウスはファイルを読み終えると、机に戻した。

苦手だった文字の読み書きも、できるようになっている。綺麗《きれい》な字を書くことは苦手だが、読むことは得意だ。

フェロニカが嬉《うれ》しそうに頷《うなず》いた。

「そうね。じゃあお願いするわ。龍沖周辺の諜報活動も滞っているから、後日ギードも派遣させる。それまでは一人で深入りせず、うまく――」

「それは甘いのだよ！　お母さん‼」

突如フェロニカの部屋に高い声で割り込んでくる者がいた。

純白の髪と肌を有する、蠱惑的な女性。『煽惑《せんわく》』のハイジだ。少女から美女へと一層の成長を遂げた彼女は、クラウスをいないかのように横切り、フェロニカの前に立った。

「どうしたの？　ハイジ」

「龍沖任務、ワタシも同行しよう。この愚かな弟だけでは無理だ」

偉そうに告げるハイジを、クラウスは「は？」と威圧する。

しかし、彼女が動じるそぶりはない。オーバーなボディランゲージで訴える。

「この愚か者はまだ危なっかしくてね。ワタシは不安で仕方がないのだよ」

「何言ってんだ、お前」

思わず強めにツッコミを入れると、ハイジから「ハイジ姉さんと呼べ」と睨《にら》まれる。

突然に面倒な絡み方だ。

そろそろこの姉貴分を打ち倒す頃合いではないか、と思わなくもない。彼女のことだ。どうせ、良からぬことを考えているに違いないのだ。

が、フェロニカは真剣に受け取ったらしく「そうね」と考え込んだ。

「――分かった。アナタも龍沖に向かってくれる？」

笑顔の言葉に、ハイジが嬉しそうに「もちろんさ」と頷いた。

突然決まった煩わしい同行者に、クラウスは顔をしかめていた。

◇◇◇

飛行機での移動中、ハイジはご機嫌だった。

「よし、ワタシは旅費と滞在費全額国持ちで、龍沖旅行をゲットした。愚かな弟よ、任務は全て任せた。一日一度以上は、ワタシのために時間を作れ。荷物持ちと運転手が要る。これも修行の一環として受け入れてこそ成長が望めると思わないか？」

「僕はアナタが嫌いだよ。初対面の頃からずっと」

『焔』ともなると、長距離の移動は飛行機を使用する。

ムザイア合衆国から取り寄せた、最新の輸送機だ。十人以上の人員を運べる、大型の単葉機。燃料補給のためいくつか中継地点を挟むが、船よりも迅速に移動できる。民間の飛行機はまだ珍しいので、警戒されやすいという大きなデメリットもあるが。

ハイジは機内でワインとサラミを嗜《たしな》んでいた。備えつけられたソファに腰を下ろし、窓から夕焼けに染まる雲を眺めている。

バカンス気分らしい。任務は丸投げする気か。

『焔』が忙しいこんな時に、と睨んでいると、ハイジが肩を竦《すく》めた。

「そう怒るな。どうせお母さんも見抜いているさ」

「アナタのサボりを認めていると？」

「ここ最近、不調だったのだよ。ワタシは」

「ん？」

「しばし休養が要る。か弱い華奢《きゃしゃ》なレディとして扱ってくれたまえ」

ハイジは手を振って言ってのける。

「…………」

クラウスはその横顔を見つめる。

――『焔』で、いまだ好感が持てないのが彼女だ。

付き合いは長いが、そのどれもが罵詈《ばり》雑言《ぞうごん》や仕事の押しつけなので、ケンカも多い。実力はあるらしいが、性格は壊滅的。ワガママがすぎて話が合わない。

「……何か事情があるのか？」

「おいおい。まさかワタシがただのワガママで、仕事を押しつけているとでも？」

「違うのか？」

「別に違わないが」ハイジは間を置いた。「それ以上は――機密情報だ」

拒絶するように首を横に振られる。

「他人の全てを知ろうなどと思い上がるな」

ハイジが目を細めた。

「――どれだけ親密であろうと、どれだけ長く時を過ごそうと」

「……話したくないなら無理には聞かないさ」

過《あやま》ちを認め、足を組む。この女について何も知らないのは事実だ。幼い頃から繋《つな》がりはあれど、ゆっくり話し合えた時間は一秒もない。

任務の都合上聞いた方がいいという判断だったが、拒絶されたなら仕方がない。

改めて彼女の方に身体《からだ》を向ける。

「ただ、か弱いという割には、スパイ以外にもたくさんの副業を引き受けているんだろう？　官能小説家としてデビューもし、他に芸術の仕事も」

「逆さ。スパイがワタシにとって副業なのだよ」

「とんでもない事実だな」

「ワタシは共和国なんてどうでもいいのさ。ただ、お母さんに恩があるだけだ。トルファ大陸からライラット王国の軍人に見世物《みせもの》として連れ去られたところを救ってくれた」

「初めて聞くな」

「本来これも機密情報だ」ハイジが鼻を鳴らした。「報酬の先払いだ。お前が興味あるようなので明かしてやった。報酬を受け取った以上、現地ではボディガードしろ」

「押し売りも甚だしいな」

ただ、これ以上の反論も面倒。口を噤《つぐ》んだ。

昔と違って、もう殴り合いのケンカを行う歳《とし》ではない。姉貴分には従順が最適解。

「だが、そういうお前はどうなんだ？」

「ん？」

「スパイという職務に、どれほど執着がある？」

彼女からの質問に驚きつつも、あぁ、と腑《ふ》に落ちた。

自身が彼女を知らないのと同様に、彼女も自身を知らないのだ。

「……言葉にするのは得意じゃないが」

胸に生まれている感情を、ゆっくり口にする。

「この世界の理不尽に戸惑うことがある。変えられるものなら変えたい。強《し》いて言えば、それがスパイをやっている理由だ」

過《よぎ》ったのは、ギードに拾われる直前の自分、ゲルデに導かれて出会った殺人鬼の悲哀。痛みに満ちた世界に触れた瞬間。

次に過ったのは、ビュマル王国で語りかけてくれたルーカスとヴィレ。

「その衝動に共感してくれる『焔《ほむら》』は、かなり好きだよ」

「幼いな」

ハイジは薄く笑った。

「初めて食べた駄菓子を、最高の美食と思い込む幼子みたいだ」

拒絶の声音に突如切り替わる。

苛立《いらだ》ちの感情を向けると、ハイジは嘲笑《あざわら》うように笑みを浮かべた。

「未熟だね——心に炎が灯《とも》せない者は、この世界ではゴミだ」

それ以上の会話を打ち切るようにそっぽを向いてしまったハイジ。

突然の切り替わりに困惑するが、それ以上構わないことにした。この女とウマが合わないのは今に始まったことではない。

◇◇◇

龍沖に到着後、まずは現地の同胞から話を聞かねばならなかった。

相手が指定した集合場所は飲食店。そこに現れたのは、異様な見た目の女だった。黄や桃などの奇抜な色に髪を染めており、かなり目立つ。歯は半分以上抜け落ちているため、薬でもやっているのかと警戒した。クラウスの顔を見るなり嬉しそうに頬を緩め、酒焼けした声で「思ったより可愛《かわい》い子が来たねぇ」と唇を舐《な》める。

「コードネーム『海鳴《うみなり》』──メッセンジャー。キミの先輩だぁ」

初めて目にする女性だった。

路地裏にある緑茶を専門とした店で一人待っていると、馴《な》れ馴《な》れしく話しかけてきた。ちなみにハイジは既に街に消えていった。

どうやら、ここでは堂々と会話をしてもいいらしい。

「端的に話せ。何が起きている？」

「とんでもない事態さぁ」

彼女が目線を下げたので、カウンターに置かれたコースターを裏返した。

裏面には暗号がびっしりと記されている。

これで教えてくれるなら直接会わなくても、と考えていると、『海鳴』は「イケメンと噂《うわさ》だから」と肩を撫《な》でながら説明してくれた。振り払う。

「指令を届ける先々で、スパイが消えているんだもん。こりゃ次に先輩が消えるのも時間の問題だねぇ。恐《こわ》いねぇ」

「狙われているのは？」

「極東各国のクーデターの情報を集めているスパイたち――特に言えば」

彼女は再度指を肩に伸ばしてくる。

「――龍魂《ロンフエン》城砦《じょうさい》周辺を根城にしていた者かな」

再度彼女の手を振り払い、コースターの上に運ばれてきたグラスを置いた。すぐに水で滲《にじ》んでコースターに記された文字は読めなくなる。

何が起ころうと今更驚かない。龍沖は極東諸国と西央諸国が繋がる玄関口であり、魔都と呼ばれるほどの混沌《こんとん》の街。

やるべきことはシンプルで拍子抜けしたくらいだ。

「消された同胞が残していた仕事があれば全て教えてくれ。僕が引き継ぐ」

「ん？　君の任務はまずスパイ狩りの対処だろ？」

「ウォーミングアップだ。身分証を用意してくれ」

双子の指導を経て、スパイとしての実力も遥《はる》かに向上している。

『海鳴』はしばらく唖然《あぜん》としていたが「さすがだねぇ」と同意してくれた。

同胞がやり残していた任務は、龍華民国からきた記者の失踪事件。ディン共和国でのクーデターを目論《もくろ》む活動家たちの摘発。ガルガド帝国の工作員が龍沖で作ろうとしている銃器工場の破壊。ディン共和国の外交官に圧力をかけた龍沖マフィアへの対応――他多数。

後日ギードと共に行う予定だが、半分以上は先に済ませられるはずだ。

「偽名はどうする？」

「なんでもいい」

『海鳴』に投げやりに答えた後、なんとなくこの髪染め女に任せるのが恐くなった。

「――ロンと名乗ろう」

龍沖から取った安直な名は、わずか数日でこの国中に轟《とどろ》くことになる。

◇◇◇

複数のマフィアと抗争を繰り広げた後に、本命の任務に取り掛かる。準備運動にもならなかった。

向かう先は無論、龍魂城砦。

またの名を、龍魂不法団地群。極東各国からの難民が住み着き、無計画な増改築が無限に繰り返された巨大コンクリート群だ。何千人という人間が居つき、独自の経済圏も成り立っている。飲食店、街医者、密輸した海外製品、非合法の重火器や麻薬の売買、あるいは賭博《とばく》や性産業まで。最高階は十二階とも、十四階とも言われる。

極東のカオスが行き着いた果ては、スパイが潜むのにうってつけだろう。

予定外なのは、口煩《くちうるさ》い姉貴分がついてきたこと。

「おいおい、このワタシをほったらかして、どこへ行こうというのだよ?」

ポシェットの肩紐《かたひも》をくるくると指に絡めながら、苛立たし気にクラウスの横に並ぶ。これから任務とは思えない、露出度の高いドレス姿。

「まだまだショッピングは始まったばかりというのに。エスコートしてくれたまえ。お前がいないと、ワタシは男に声をかけられすぎる」

クラウスが任務をこなしている間、彼女はただただ遊んでいた。

美術館やアトリエを巡り、龍華民国から輸入された絵画や民芸品を片っ端から買い込み、更にはディン共和国の外交官に評判のレストランをリストアップさせ、上から順に食べていった。送り迎えは、もちろんクラウスだ。

時は夕刻。沈みかけた夕陽《ゆうひ》に照らされた龍魂城砦を見上げる。

「ついてくるな。僕は例のスパイ狩りと決着をつける」

「お？」

「メッセンジャーだけが消されていなかった。他の者は懇切丁寧に潰しながら、な」

意図的にやっているようだ。

ディン共和国のスパイ網を潰したいなら、メッセンジャーこそを潰すべきだ。本国に知らせる者がいなければ、より長く暗躍できたはずだ。

「呼び出されたんだよ、『焔』が」

ディン共和国まで情報が伝われば、本国からより優秀な者が派遣される。

相手は『焔』を知っているようだ。同胞の不可能を覆《くつがえ》すことを使命とする、ディン共和国内最強のスパイチーム。

ふぅん、とハイジは煩わしそうに尋ねてきた。

「お父さんを待てばいいだろう。もうすぐ来る」

「敵の狙いは師匠かもしれない。思惑通り会わせるものか」

「やれやれ、命知らずの奴《やつ》もいるものだ」

ハイジは歩くペースをあげ、クラウスの前に出た。

「来るのか？」

「用事が早く終わらんと困る」

腕を組み、不満気に龍魂城砦を睨《にら》みつける。

「ショッピングはともかく、レストランは予約済みだ。二十分以内に終わらせるぞ」

「アナタでも店の迷惑は気にするんだな」

「ワタシの遅刻を咎《とが》める店員が気の毒じゃないか」

「そう思うなら、逆ギレをやめろ」

躊躇《ちゅうちょ》することなく、ハイジは龍魂城砦に足を踏み入れる。違法増築が繰り返された不気味な建物は、入り口から動物の腐った臭いが漂っていた。

「興味あるな。わざわざ『焰』を呼び寄せるような奴か」

「だが実力者であることには違いない」

入り口正面は、四階まで吹き抜けのメインストリートになっていて、両側に聳《そび》えている建物の窓から、住人が不躾《ぶしつけ》な視線を送ってくる。

クラウスは壁を蹴り、突き出された物干し竿《ざお》を摑《つか》んで跳躍。四階まで到達する。下から「ワタシを置いていくな」とクレームが来るが、無視。

四階にいる中年男性の首をすかさず摑む。

「そんな注意深く見張って何がしたい？　雇われたな？」

中年男性は手に持っていた双眼鏡を取り落とした。

「雇い主の下に連れて行け」

男性が「……ひゃいっ」と怯《おび》えた声をあげた。

一階でハイジと合流し、案内された階まであがる。混沌とした建物であるため、今いる場所が十二階なのか十四階なのか、住民も把握できていないが、屋上であることには違いなかった。罠《わな》らしい罠もなく、あっさりと辿《たど》り着けた。

屋上は広々としており、子どもが走り回れるほどのスペースがあった。

異様すぎる。まともな足の踏み場さえないのが、この龍魂城砦だ。寄せ集めた建物の高さはバラバラであるため、高さの違う屋上があちこちにある。ここから見下ろせる屋上は、どれも調理場や住居で埋まっていて、住民が窮屈そうに暮らしていた。

　この最高層の屋上だけが、誰も寄りつけない。


「──雅《みやび》なり」


　膝まで髪を伸ばした男がお香を炷《た》いていた。

　立ち上る煙を勢いよく鼻から吸い込んでいる。手首から肩に至るまで大量の腕輪が巻かれ、彼が動く度に擦れてジャラジャラと音を立てる。腕輪一つ一つに煌《きら》びやかな宝石が取りつけられ、夕陽を美しく反射していた。

　あからさまにエキセントリックな容姿をしている。

　ハイジが口にした。

「ワタシにはピンときたよ。お前と同じタイプの変人だ」

「一緒にするな」

　何がどう同じタイプか分からず、顔をしかめる。

　目の前の男は吸い込んだ煙を口から吐き、クラウスたちに視線を送った。

「――――――っ」

「…………………！」

殺気を感じ取ったのは二人同時。

クラウスは回転式拳銃を取り出し、ハイジは身体《からだ》を傾けて身構える。

軽口を叩《たた》ける相手ではない。本能が警戒信号を発している。

（これは――）

言語化は難しい。

ただ知っている。目の前の男が発する威圧感は、師匠やボスが時折、垣間見《かいまみ》せるものと似通っていた。

宝飾品塗《まみ》れの男は、指輪だらけの手で自身の胸を押さえた。

「まずは名乗るよ。フェンド連邦 諜報《ちょうほう》機関ＣＩＭ特殊部隊『レティアス』のボスだ」

彼は丁寧に身体を折るが、その間も殺気が籠《こも》った目線は外さない。

「――『呪師《のろいし》』のネイサンと言う。ようこそ、『紅炉《こうろ》』の弟子たちよ」

◇◇◇

神速即殺。

クラウスの選択は奇襲。

敵か味方かなど、どうでもいい。彼の目的など相手を拘束したあとで吐かせればよい。万が一にも彼が味方だとしても、リスクと天秤《てんびん》にかければ必然の選択。

――相手が何かする前に潰す。

後手に回れば、手遅れになる。

彼の名は知っている――世界大戦を終結に導いた、スパイの一角。『紅炉』、『影種《かげだね》』、『ニケ』、『鬼哭《きこく》』、『炬光《きょこう》』、『八咫烏《やたがらす》』に並ぶ、CIMの代表的スパイ。

コンマ数秒で撃鉄を持ち上げ、引き金を引く。最も手に馴染《なじ》んだ回転式拳銃による早撃ちは、これまで百人以上を一瞬で倒してきた。

ネイサンには避けられるが、計算の内。

敵の注意が逸《そ》れた瞬間に肉薄する。

ゲルデから授けられた足捌《さば》きを、攻撃に転用する。瞬間移動に等しい動き。重心をズラすし、敵の認識さえ超える。ギードとの訓練で磨かれた蹴りをネイサンに繰り出す。一流以上の相手を戦闘不能にする必勝パターン。

ネイサンは右手で蹴りを受け止めていた。

彼の右腕に巻かれた腕輪が大きな音を鳴らした。

「疾風迅雷の先制攻撃、加えてのなんて美しき跳躍……」

ウットリと目を細めている。

「……これが龍沖《ロンチョン》のマフィアを蹂躙《じゅうりん》した武力か……あぁ、歓喜で震えてしまうよ」

「僕の活動は調べていたか」

「まるで龍の躍動……霊山に眠る、畏れ多き神が如く《ごと》」

「アナタの反応も、森の静寂を打ち破る鐘の音のようだな」

見切られたことを悔しく感じつつ、距離を取る。

背後でハイジが「やっぱり弟と同じタイプじゃないか」と呆《あき》れ声で言った。

奇襲に相手が戸惑う様子はない。

殺し合いになると覚悟していたのだろう。じゃらりと腕を振るい、取り出したのは紐《ひも》状のもの。

鎖には、黒光りする金属で成り立つ鎖だ。

至る所に煌びやかな宝石が備えつけられている。

「石の魔力を信じるか？」

ネイサンは鎖を首に巻きつける。

「なぜ宝石が人を惹《ひ》きつけてやまないか。エメラルド、ルビー、サファイアが数千年以上人類を魅了してきた事実を考慮すれば、魔力がないと断じる方が難しいだろう。あるいは逆か。数千年以上の時間をかけ、宝石に惹かれるよう遺伝子に刻まれたのかもしれない」

彼は鎖に取りつけられたルビーを翳《かざ》した。

遠くの山に沈んでいく太陽の残光が、宝石の中に閉じ込められている。

「何の話だ？」と問うと「科学の話でもいい」と返ってきた。

目の前の男は、不敵に笑っている。

「水晶に電圧を流すと正確に振動することが発見された。人体に触れると赤外線を発する石、強い放射線を発する石も見つかっている。いわゆるパワーストーンなどと呼ばれている石の魔力も、いずれ効果は証明されていくだろう」

ネイサンはルビーに口をつけた。

「――魔力が滾《たぎ》る」

彼は鎖を首から外し、まるで鞭《むち》を操るように大きく振るう。

尋常じゃない速度を有している。

反応が遅れ、ギリギリで避ける。

奇妙としか言い表せない感覚だった。彼が操る鎖に集中が乱される。

光る宝石が無意識に視線を惹きつけるのか。

魔石で身体能力が向上し、かつ相手を惑わす——そんなバカなと感じるが、ネイサンの攻撃が証明していた。

ネイサンが振るう鎖は鞭であり、刃物だった。

宝石は脆《もろ》くもあれど、硬い。掠《かす》めるだけで、肌が鋭く抉《えぐ》られる。


「——降参だっ‼」


未知の攻撃に慄《おのの》いていると、ハイジが強く叫んだ。

クラウスの額に鎖が当たる寸前だった、鞭の軌道が変わり、ひっこめられる。

ほとんど見えていなかった。

「止《や》めておけ、愚かな弟よ。今のお前じゃ殺される」

ハイジはクラウスの肩を掴んだ。

「『呪師』だったか？　ちょうど相応《ふさわ》しいレストランを予約している。ついてこい」

ネイサンはつまらなそうに鎖を撫《な》でた。

自身の額が砕かれる寸前だったと自覚し、悔しさに身体が熱くなる。制止がかからなければ、相手の攻撃に対応しきる前に、勝負は決していた。

今のクラウスは戦闘ならば、ギード以外には負けないと自負していた。

だが、この経験は慢心を砕く——紛れもない完敗だった。

◇◇◇

予約していたのは、奇遇にもフェンド連邦出身のシェフの店だった。

故郷の料理を龍沖に広めると共に、龍沖の食文化との融合を目指しているらしい。前菜に出てきたツバメの巣と、オイスターソースが和《あ》えられた牛肉は確かに美味だった。

元々フェンド連邦は龍沖を植民地としていたな、と今更ながらに思い出す。ネイサンがここで待ち受けていたのは、土地勘があったからなのだろう。

着いた席は龍沖中心部のビル群が作り出す夜景がウリというテラス席。

自分たち以外の客は、視界に入らないよう仕切りがあった。機密情報を話しても問題なさそうだ。

「で？　何が目的なんだ？　ＣＩＭのお偉いさんが」

イチジク酒を飲みながら、ハイジが睨《にら》みつける。

「話があるなら、ディン共和国に直接来い。ワタシも暇ではないのだよ」

負けたにも拘《かか》わらず、一切態度を変えない彼女には尊敬の念を抱く。お前は暇だっただろ、とツッコミを入れる余地さえ与えなかった。

「お前たちと同じだ。極東諸国の情報を集めたい」

ネイサンは、運ばれてきた肉料理をナイフで切っている。

「なによりディン共和国のスパイは優秀だ。部下に任せるより、彼らを捕らえ、集めた情報を奪った方が早い」

「ハッ、偽《にせ》の情報を摑《つか》まされてろ……で？　情報を吐かせたあと、同胞は？」

「後日解放するとも。安心するといい。我々に寝返りたいという者は歓迎するがね」

「どう見てもケンカを売っているね。対外情報室と敵対したいのか？」

「帝国を見張る監視塔を手放すものか。便利な駒として友好を願いたいよ」

「今回の件をボスが許すとでも？」

「ならフェンド連邦からの経済支援を手放すか？　あるいは子どもを犠牲にし、ムザイア合衆国の奴隷になる方が良かっただろうか？」

「四年も前の事件までご存じとは。落ち目の大国は、余裕がないね」

「弱小国が笑わせるね」

「ふふ、愉快なジョークじゃないか」

「──雅《みやび》なり……あぁ、こんな美しい時間も悪くない……」

運ばれてくる料理を口にしながら、舌戦を繰り広げる両者。

敵でも味方でもある相手は、扱いが難しい。

ネイサンの手段は、倫理的な問題としては問えるが、スパイの世界では些末《さまつ》な話だった。

必要以上に事を荒立てられない。情報を奪われた共和国のスパイの落ち度だ。

対外情報室とCIMは相互関係にある。簡単に壊せない。

だが、そのリスクを負ってでもネイサンの行為は意外だった。

「……『焰《ほむら》』のメンバーと対話がしたかった。ちょうどいい場所がなくてね」

発せられた言葉に、ハイジが、ん、と呻《うめ》いた。

クラウスもまた豆のポタージュを運ぶ手を止め、相手の言葉を反芻《はんすう》する。

ちょうどいい場所──フェンド連邦本国からもディン共和国からも遠く離れた土地。

スパイ同士、何を意味するのかは理解できた。

「もしかして――」

クラウスが尋ねた。

「――CIM本部に無断で動いているのか？」

同盟国のスパイに手をかけるなど、やはり本部が許すはずがなかったか。

チームのボスを名乗った彼であったが、いまだ部下らしき人物は見かけていない。龍《ロン》
魂城砦《フェンじょうさい》にいたのは、彼に雇われた協力者だ。

「今、本国は面倒でね。合衆国と組むか、帝国と組むかで分裂している。大衆だけでなく、
王族や政治家、官僚でさえな。遠からず崩壊するだろう」

「……話していいのか？」

「とっくに『紅炉《こうろ》』には見抜かれているよ。ガルガド帝国への憎悪《ぞうお》を煽《あお》り、ライラット王
国をまとめあげた『ニケ』は見事だな。実に醜く、真似《まね》したいとは思わないが」

大戦が各国の政治に大きな影響をもたらした事実は把握している。経済でも国際社会で
も世界の頂点から退いた大国は、今、大きな岐路に立っている。

しかし、CIMの根幹を支える男が崩壊を予言するほどとは。

率直な感想をぶつけた。

「アンタなら阻止できるんじゃないのか？」

「その判断をするために、ここに来た」

ネイサンは顔をあげ、腕輪を鳴らしながら髪をかきあげた。

「『紅炉』――フェロニカの病状について話せ」


予想だにしなかった質問。

ＣＩＭを代表する男が、多くの手間とリスクを犠牲に尋ねた問い。

スパイとして未熟なことこの上ないが、表情を隠せた自信がない。大きな戸惑いと衝撃が身体《からだ》の芯を揺さぶる。

（……ボスの……病状………？）

行きの飛行機内で言われたハイジの忠告が脳裏に響く。

――他人の全てを知ろうなどと思い上がるな。

――どれだけ親密であろうと、どれだけ長く時を過ごそうと。

一体誰のことを言っていたのか。

「突然なんだ？」

返答したのは、ハイジだった。

彼女からは一切動揺は窺《うかが》えない。呆れるように首を傾《かし》げている。

「ボスなら元気いっぱいだよ。今頃、ワタシの部屋を勝手に掃除しているんじゃないか？

ふふ、ワタシの官能小説コレクションを見て、なにを思うだろうね」

「かつてフェロニカは手術をした」

まるで相手にせず、ネイサンは言葉を続ける。

「大戦中だ。蝕《むしば》まれた子宮を摘出《てきしゅつ》した直後の彼女の姿を知っている。それでも勇ましく任務を遂行した彼女の姿も。彼女の容態次第で、世界の在り方は大きく変わる」

子宮の摘出――全く知らない事実。

ネイサンはドスの利《き》いた声で告げる。

「――話せ。フェロニカには、どれだけの時間が残されている？」

答え次第でネイサンは身の振り方を変えなくてはならない。

そう言外に告げる彼の態度と、彼の龍沖《ロンチョン》での行動が、真実味を強めていた。ハッタリのためにここまで手間はかけられまい。

なんにせよ、クラウスには答えられない。

知っているとすれば、任務で共に行動することが多いハイジだろう。

（……本当なのか？）

彼女は一切、顔色を変えなかった。まるで動揺を表さない。クラウスでさえ感心するポーカーフェイス。

「貴様らに黙秘する権利はない」

痺《しび》れを切らしたようにネイサンが、テーブルのナイフを手に取った。

「今度こそ――殺し合うか？」

こちらを黙らせる威圧に、クラウスもまた身構える。

勝ち筋は見えない。

場所を移そうが、関係はないのだ。ネイサンがその気になれば、クラウスを殺し、ハイジを拷問にかけられる。

命を賭《と》し、ハイジだけでも逃がすか。

焦燥に身を焦がしていると、ハイジはおもむろにテーブルのフォークを手に取った。親指と人差し指で摘まむように持つ。

フォークで皿の隅を叩《たた》く。

空気を裂くような、強く短い音。

彼女はリズムを取って、叩く。キン、キン、と高い音が鳴る。

「行儀が悪くて、すまないね」

ハイジはフォークで音を鳴らしたまま、ネイサンを見つめ返した。

「…………なんの真似だい？」とネイサンが問う。

「お前の言う通りだ――石は人を魅了する」

彼女は音を鳴らす手を速めた。

「世界に数個だけの貴重な宝石を躊躇《ちゅうちょ》なく砕ける者などいない。目を奪われない者はいない。だが、ほんの僅かに心が揺さぶられれば、殺し合いでは命とりだ。まぁ世の中には、価値の分からぬ愚鈍もいるだろうが、そんな輩《やから》が一流の舞台に立てるはずもない」

「石は魔力を持つ。単純に金銭的価値に置き換えるのは、感心しないね」

「それはそうだ」

彼女はフォークを叩く場所を変え、音域を変える。

奏《かな》でているのだ、と気がついた。

『煽惑《せんわく》』のハイジは、たまたま手元にあったフォークと皿のみで演奏を始めている。

「お前の言葉で喩《たと》えよう——ワタシは、自らの手で魔力を作り出せる」

人の精神を操る、魔の芸術。

それこそがハイジが有する、他の誰にも真似できない技量。

——『紅炉』のフェロニカに認められた、異能。

そばにいるだけでクラウスの心臓の鼓動が速くなる。彼女の演奏に高揚しているのだ。

理性で制限できるものではない。強制的に身体の芯を揺らす。

幼き頃、クラウスが決してハイジに勝てなかった理由だ。

「フォークと皿をぶつけ合わせるだけの音色も、首を傾げる所作さえも、皿の上に描く絵も、ワタシにかかれば、宝石を何百と積み上げても釣り合わない、人類史上最高の傑作なのだよ。常人なら脳が処理しきれず、泡を吹いて倒れるがな」

ハイジは最後にフォークで大きな音を鳴らすと、手を止めた。

「嘘《うそ》だと思うなら試してみるか？　二分耐えたら、キスしてやろう」

脅迫に脅迫で返したハイジに、ネイサンは「雅なり」と口にした。

クラウスは二人のやり取りを冷静に観察する。

二人で連携すれば、この男を凌《しの》げるかもしれない——そんな期待が生まれるが、同時に不安も過《よぎ》った。そんな芸当ができるなら、なぜ龍魂城砦では行わなかったのか。

「目が赤いな」

先にネイサンが見破った。

ハッとする。純白だったハイジの瞳が、深紅に染まっていた。純白のレースに一滴の血を垂らしたような、不気味な紅が広がっている。

「ほんの片鱗《へんりん》を見せただけで、充血するのかい？　本気を出せば、身体が持たないんだろう？　だから龍魂城砦では躊躇《ためら》った」

クラウスは、ハイジの病的なまでに色素の薄い身体を見つめる。

華奢《きゃしゃ》どころではない。たった数秒本気を出すだけで、身体が異変を訴える。日頃の彼女の傲慢な振る舞いは、身を守る術《すべ》だったのか。

虚弱体質――それが飛行機内で仄《ほの》めかした機密情報。

彼女は本当に休養を欲《ほっ》していた。少なくとも数年前までは、こんな反応はなかった。

目の充血程度ならばいいが、それ以上は――。

「関係ないのだよ」

鼻で笑うハイジ。

「とっくの昔からワタシの身体は、燃えている。心に灯《とも》る炎が、足の先から髪一本に至る

まで焼き尽くしている」

目元から滲《にじ》む血が頬を伝い始める。両目から血を流し、ハイジは力強く笑ってみせた。

誰よりもワガママであり自己中心的な彼女が有する覚悟。

「ワタシは、お母さんのためなら全てを焼き殺せる」

「――降参だ」

クラウスは、彼女の目を塞いだ。

右手で額の皮膚ごと押し下げ、無理やり瞼《まぶた》を閉じさせる。彼女の異能で真っ先に負担がかかるのが視神経なら、目を閉じさせるのが最善だろう。

「は？」

ハイジは間抜けな声を漏らした。

「な、なんだ弟。邪魔するなっ……」

クラウスの右手を無理やり引き剝がそうとするが、力なら負けない。というよりもハイジの筋力は人一倍弱いようだ。子どものよう。まるで相手にならない。

彼女が抵抗を諦めたところで、ネイサンを見据えた。

彼は毒気が抜かれたように、脱力している。

クラウスは、ハイジの顔から手を外した。

「知っている情報は話す。命だけは見逃してくれないか?」

「お前……」とハイジが睨《にら》んでくる。

「彼女は僕の姉貴分なんだ。無理はさせられない」

ここで彼女が犠牲になるなど、誰も望まないはずだ。

スパイの目線に立った上でも、彼女の寿命を縮めるなどディン共和国には大きな損失だ。

フェロニカの情報を犠牲にしても守る必要がある。

――と、自身に言い聞かせる。

胸にあったのは、無理やり押しつけられた約束。ボディガードとしての使命感。

「少なくとも僕から見るボスは、健康そのものだ。嘘だと思うなら、爪でも剝げ」

掌《てのひら》をテーブルの上に置いた。

なおも不服そうにハイジが脇腹を殴りつけてくるが、無視。痛くない。

ネイサンは胸元からナイフを取り出した。躊躇なくクラウスの掌に振り下ろす。

「――――っ‼」

あまりに自然な拷問。

ナイフは貫通し、テーブルまで突き刺さる。手の甲の骨が砕かれる。

想像以上の激痛に頭が焼かれ、呻《うめ》き声が漏れる。

「正直に言わねば、もう一つ穴を空けるよ」

ネイサンは淡々と呟《つぶや》いた。

「…………事実だよ」

辛《かろ》うじて、そう言えた。

ネイサンはナイフを握りしめたまま、じっとクラウスの目を観察してきた。感情を隠す訓練は行っているが、この達人にどれほど通用するか。

自分もまだまだだ。右手の激痛と共に、心に刻む。

やがてネイサンはナイフから手を離した。

「……何も知らない者を痛めつけても、吐かせられない。フェロニカに救われたね」

クラウスはナイフが突き刺さったままの右手を、左手で撫《な》でた。

迂闊《うかつ》にナイフを引き抜けば失血死しかねない。幸い、ほとんど血は流れていない。鋭く無駄のない太刀筋《たちすじ》だ。断面をそのままピッタリ、ナイフの刃《やいば》が塞いでいる。

「お前の勇気に免じて、姉貴分とやらの拷問も見逃してやろう。これ以上はフェロニカに憎まれかねない」

引き下がったネイサンを見て、クラウスは「感謝するよ」と息を吐いた。

ハイジが不満気に睨む。

「よく言う。勝てないかも、と思っただけだろう」

「思い上がりも甚だしい。笑わせるね」

「だが、一切の怪我なく帰れんとは感じただろう？」

「口の減らない女だ。だが、どのみち些末《さまつ》な問題だよ」

ネイサンは席を立ちあがり、微《かす》かに目を細めた。

「フェロニカの傍《かたわ》らには、貴様たちのような後継者がいる——十分すぎる情報だ」

その後彼は「オレはしばらく龍沖《ロンチョン》に滞在する。また巡り会わないことを祈るといい」と告げると、唖然《あぜん》とした顔で入ってきたウェイトレスからワインをボトルごと受け取り、去っていった。じゃらじゃらと腕輪が擦れ合う音を心地よさそうに奏でて。

「——雅《みやび》なり」

最後彼が言い残したセリフに「——極上だ」と返そうと思ったが、隣にいるハイジから「お前、アイツだけには影響を受けるなよ？」と釘《くぎ》を刺される。

似たタイプではないのだが、と不服だったが黙っておいた。

彼女と無駄な口論はしない。医者の下に行くのが先決だった。

◇◇◇

ネイサンに穴を空けられた右手を龍沖の医者に見せたところ「これほど美しい傷は見たことがない」と感激された。治療すれば傷跡も残らず、力も戻るという。

その割には貫かれた際は激痛だったので、特別な技術かもしれない。

応急処置を終え、病院から出る。付き添ってくれたハイジに声をかける。

「散々だったな。今日はもう休むか」

「いやいやいやいやいやいやいや」

彼女は突如大声をあげ、左腕に絡みついてきた。

「何を言っているのだ、弟よ。夜はこれからじゃないか」

左腕を抱えるように掴《つか》まれ、柔らかな身体《からだ》を押しつけてくる。甘える恋人のようにクラウスの肩に顔を押しつけ、そのまま夜の街へ誘導してきた。

やけに距離が近い。

これまでは「ワタシは好き勝手に歩くから、お前は後をついてこい」という振る舞いしかしてこなかったが。

「……えらくご機嫌だな。今日は安静にしろ、と医者に言われたが」

「そんなもの舐《な》めれば治る。このワタシの舌で舐め回してやろうか」

「は？」

「いやはや、知らなかったな。なんだかんだお前は、ワタシのことが大好きなのか。愛《う》い奴《やつ》だ。お姉ちゃん、と呼んでもいいぞ？　お前も『愛《いと》しい弟』に格上げしてやる」

「別にそんなつもりじゃ――」

「照れなくてもいいのだよ。素直になれ、愛しい弟よ♪」

一層力強く左腕にしがみついてくるハイジ。

まるで人格が変わったような、心変わりだ。戸惑うと同時に、フェロニカ相手にはいつも甘えていたな、と思い出す。これが本来の彼女なのか。

――ネイサンの一件で彼女の信頼を勝ち取ったらしい。

デレデレと相好を崩している姉貴分を見て、息を吐《つ》いた。

右手を貫かれた弟分を見て『利《き》き手を犠牲にするほど、自分が好きなのか』と思える性格が羨ましい。もっと他に思うことがあるだろうに。

だが、余計な口は挟むまい。また不機嫌になられても困る。

「無理をするな。アナタの身体は——」

「安心しろ。目が充血した程度なら、健康に支障はないよ」

彼女は自身の目の下の肉を引っ張ってみせた。

赤く染まっていた目は、既に純白を取り戻している。虚弱には違いないが、短い時間なら問題ないようだ。彼女ならば短時間で並のスパイは圧倒できるのだろう。

「この休暇だって、本当に休みたかっただけだ。お母さんの命令でとあるスパイたちを探っていてね。不調と説明したが、多忙ゆえだ。ワタシに関しては心配など要らない」

「は……？」

「今から明かすさ。ワタシの体質を」

彼女は白い歯を見せ、はにかんだ。

機密情報。明かした相手が敵に捕らわれれば、自らの命が危ぶまれる。命を預けるに足ると判断した相手にのみ伝えられる、スパイの想《おも》い。

クラウスは左腕の力を抜き、彼女に引かれるがままにした。

「なら相応《ふさわ》しい場所に移ろう。盗聴の危険のない——」

「そうだな。人がいなくて、男女が小声で会話しても不自然でなく、落ち着いて話せる場所か。愛しい弟の怪我《けが》もあるし、移動は極力避けるならば——」

ハイジは、ぐい、と一際《ひときわ》強くクラウスの腕を引っ張った。


「——よし、ベッドが適当なのだよ」


何を言っているんだ、と尋ね返す前に、彼女は決断していた。

そこからは全てハイジのペースだ。

彼女はタクシーを捕まえると、自分たちが泊まるホテルまで移動。断ろうにも他にいいアイデアもなく、確かに男女が秘密を打ち明け合うならば、ベッドが相応しいかもしれない。ただあくまでそう見せかけるだけであり、何も行為をするはずはないだろう。そう判断したが、寝室に辿《たど》り着いたところでハイジはシャワーを浴び出した。汗が不愉快だったのだろうと自身に言い聞かせていると、彼女は浴室から裸のまま出てきた。彼女の裸など珍しいものではない。それはそうと体調が悪くなってきたので、自室に戻りたい旨《むね》を申し出ると、彼女は露骨に不機嫌になった。「シャワーの前に言えよ」と常識的に考えれば、至極真っ当な意見をぶつけられ、何も反論できなかった。七年の年月をかけて、せっかく親密になれた彼女との関係を壊すのは忍びない。女性の扱いについてはルーカスやヴィレに学ばされている。スパイとして生きる者として当然、身につける教養だ。

――なんやかんやあった。

そのまま朝を迎えた。

「…………………………」

身に起こったことが信じられず、呆然《ぼうぜん》とした心地になる。

ベッドの隣には心地よさそうに寝息を立てるハイジの裸体。絶望の朝。

◇◇◇

結局龍沖には二週間、滞在した。

ネイサンと相対した二日後にギードが龍沖を訪れ、クラウスが右手の怪我を見せると「勝手に行動しやがって」と叱られた。「危険を冒すのは俺の仕事だ」とも。返す言葉もなく、そのまま、滞っていた諜報《ちょうほう》任務を二人で片付けた。

ハイジは先に帰国した。途中ネイサンが示唆した通り、ＣＩＭと一人のターゲットを巡って衝突する事態が起きたが、ギードが難なく対処し、和解を取りつけた。ギードが刀の柄《つか》に触るだけで、ネイサン以外のCIMのスパイたちが息を呑《の》むのが伝わった。暴力による威圧と、そこからの力業の交渉。いずれクラウスも持ちたい武器だ。

かくして龍沖任務は幕を閉じた。

苦い経験と姉貴分との友好的関係。世界最高峰のスパイとの出会い。

全てが勉強になったとクラウスは納得していたが、一つ問題が残った。

フェロニカだった。

彼女の憤怒《ふんぬ》はしばらく後を引いた。

帰国して広間で彼女に任務報告をしたところ、終始無言で聞いていた彼女は全てを聞き終えると、クラウスの右手の怪我を確認し「アナタが生きて帰ってきてくれて嬉《うれ》しい」と告げ、隣のギードにニッコリと目配せをした。

「――『呪師《のろいし》』の手首を切り落としてきなさい」

ガチギレだった。目の奥がまるで笑っていない。

ギードは呆《あき》れたように肩を竦《すく》めた。

「私怨《しえん》でCIMを敵に回さないでくれます？」

「そうね、私が直接出向くわ」

「やめましょうよ。生かしてくれたんだ。迂闊《うかつ》に闘ったバカ弟子が悪い」

「ここまで舐められちゃ我慢してられないわ。あのスピリチュアル石男。大戦中は世話になったけど今は敵ね。二度と腕輪をできない身体にしてやりましょう」

子どものように復讐《ふくしゅう》を企てるフェロニカを、ギードが必死に説得する。クラウスもまたその激怒を宥《なだ》めることに手一杯で、喉に引っかかる疑問を伝えられなかった。

——ネイサンの言葉は、どこまで本当なのか？

尋ねようか、と考えた時、右手の傷が疼《うず》く。

国家機密を知らされないのは、フェロニカの気遣い。

未熟な自身はそれにより守られた。

ならば『紅炉《こうろ》』の秘密を知るのは、彼女に頼られるまで成長した時なのだろう。ハイジが自身の秘密を明かしてくれたように。

◇◇◇

『焔《ほむら》』の日々は慌ただしく過ぎる。

龍沖《ロンチョン》での一件から一年間。過酷な任務を乗り越えながらも、温かな時間が流れていった。

——メンバー全員が呼び出され、新メンバーについて話し合った。

二年に一度、『焔』が直々に養成学校に出向き、特別合同演習と称して、優等生を試す習慣がある。フェロニカの意向で「クラウスと同等以上の才能」という厳しすぎる水準ではあるが、スパイの卵にいい体験をさせるという意味でしっかり開催される。

議題は、誰を派遣するのか、というものだ。

「半年後の『焔』選抜試験だけれど」

フェロニカが声をかけると、ルーカスが勢いよく手をあげる。

「オレが行くぜ。アイツらの小遣い全額まきあげて——」

「男子校は今回もギードに任せるわ」

ギードが分かりきったように頷《うなず》いた。

ルーカスがブーイングをあげ、ヴィレがにこやかに眺めている。

ちなみにルーカスは、過去に一度、無断で養成学校に乗り込み、ギャンブル講義を行ったという。生徒からは好評だったものの、以後養成学校内で賭け事が流行《はや》ってしまい、養成学校からの評判はすこぶる悪い。

「女子校は、ハイジに任せようかな」

前回任せられたゲルデが目を眇《すが》めた。

「なんだい？　今回はアタシじゃないのかい？」

「ゲルデさんは養成学校の校長連名で苦情が来ているわ。やりすぎ」

「ハイジに任せるんじゃ変わりないと思うけどね」

指名されたハイジは誇らし気に「任せてくれたまえ」と胸を張り、隣に座っていたクラウスに耳打ちをする。

「愛しい弟よ。この日は大仕事だ。御馳走《ごちそう》を作ってくれたまえ。二秒で終わらせて帰る」

スパイ訓練生が気の毒になったが、元よりそういう試験なので仕方ない。

あっさりと話がまとまったところで、ヴィレが口にした。

「ボスは行かなくていいんですか？」

「ええ、少なくとも今回は」

フェロニカは、秘め事を漏らすような悪戯《いたずら》めいた笑みを零《こぼ》す。

「――もう少しね、成長を待ってみたい子がいるのよ」

クラウスはかつて彼女が面倒を見た、黒髪《くろかみ》の少女を思い浮かべる。

今はどのように成長しているのか、ふと気になった。

——師匠であるギードとは、もっとも長い時間を過ごした。

「とんでもない事態が起きた」と深刻な顔で自室を訪れてきた彼に、クラウスは「一体どうした？」と尋ね返す。

「上層部から、ある全寮制の高等学校に潜入するミッションが下った」

「……それが？」

「女子校だ。生徒として潜伏しなければならない」

「ハイジに行かせればいい」

「別任務中だ」

「なるほど、確かに悩まし——」

「——ボスが『私が行くしかないわね』と張り切っている」

「…………………………」

「……どう阻止すれば？」

「師匠の手腕が試されるな」

「今から『クラウスが女装に興味を持っている』と伝えるからな。話を合わせろ」

「それは断る」

「いつもテメーの尻拭いをしてんだ！　たまには協力しろや、バカ弟子っ！」

かくして師弟による決闘が勃発したのだが、クラウスの敗北で幕を閉じる。

その後任務がいかように行われたかは、もう思い出したくもない。


――悪戯好きの双子から突如、部屋に呼び出されることもあった。

「『焔』メンバー採用に関わりたい」

印象深いのはクラウスが十八歳になった頃。夜に招かれた部屋には、当然のようにヴィレもいて、中央で腕を組んでいるルーカスのために酒を作っていた。

どうやらルーカスは選抜試験から外されたことを根に持っているらしい。

作ってくれたウイスキーの水割りを飲み、再度頷いた。

「なのでオレは一計案じました」

「ルーカス兄さん、やめておけ。何もするな。ヴィレ兄さんは止めろ」

どうせ妙ちきりんな話に違いないので、事前に制する。長年接してきたことで彼に対する扱い方も分かってきた。

ルーカスは酔ったままの勢いで宣言する。

「スカウト強化月間！　見込みある少年少女を養成学校にぶち込みまくりますっ！」

やはり変な話だった。

対外情報室の一部のスパイは、任務先で有望な人材を見つけた場合、養成学校にスカウトできる権限を持っている。しかし、無論それはよっぽど優秀な人材を見つけた場合のみだ。誰かれ構わずスカウトしていいものではない。

ヴィレは賛同しているらしい。

「ぼくは昨年にあった芸術家周りの任務で何人か見つけてきたよ。兄さん、遅すぎ」

「よし！　オレは来週から始める。なんなら『焔』に直接加える。陸軍情報部の噂でどうやら将来有望な鷹《たか》がいるらしくて――」

「せめて人間にしろ」

双子の悪ノリに呆れつつ、クラウスは退室することにした。

――聞こえてくる怒号に一抹の不安を抱える夜もあった。

ゲルデと酒盛りをしていた深夜だ。

十八歳になったクラウスはディン共和国の法律上、飲酒可能。彼女から一杯酒をもらったが、かなりアルコール度数の高いもので、一気に気分が悪くなった。ふらつくクラウスを笑うゲルデに見送られ、退席した。

自室に戻る途中、廊下を進んでいた時に人の声が聞こえてきたのだ。

怒号だった。

ただ怒っているのではなく、悲鳴のような訴えかける声。

「ボス‼」

フェロニカの部屋で、ギードが叩《たた》きつけるような声をあげている。

「――アナタは本当に――――！」

ドア越しと酔いのせいで、言葉全ては聞き取れない。

（ケンカ……？）

珍しい話ではない。フェロニカとギードの方針が食い違うことは多い。常に対立の中で数々の任務をこなしてきたのが『焔』だ。

しかし、それらのケンカと聞こえてくる怒号とは質が異なるように思える。

心にさざ波が立つのを感じるが、聞き耳を立てるのをやめた。

何かあれば、ギードが愚痴を吐きにくる――そう判断し、寝室に向かった。

◇◇◇

書類上の十九歳を迎えた頃、クラウスは絵筆を手に取っていた。

ハイジに影響されたのかもしれない。元より趣味らしい趣味もない。スパイという任務を忘れ、没頭する時間も悪くないと考えた。これまでの人生で感じなかった衝動。

――残しておきたかった。

世界に変わらぬものはない。

ゲルデの身体《からだ》が少しずつ衰えていくように、選抜試験の結果次第では新メンバーが加入されるように、そして、フェロニカが抱えているという病が進行するように。

消える日が来るなんて信じたくはないが、いずれ確実にやってくる。

ならば、気持ちを形にしたい。

今の自身の胸の内から込み上げてくる感情を、目に見えるものとして。

（ハイジ姉さんのようにはいかないだろうが――）

筆の先にたっぷりと絵の具をのせて、キャンバスに強く押しつけて線を引く。一回では満足できる線にならず、再度厚塗りするように絵筆を振るう。

——焦がし尽くす炎のような勇ましさに対する敬愛を。

——温かな炎のような優しさに対する親愛を。

部屋に絵の具が飛び散ることなど構わない。一回一回に強い心を込めて、絵筆を振るう。

部屋中に絵の具を撒《ま》き散らしても、彼らへの想《おも》いは表しきれない。そして、それとは相反するように胸は安らかな幸福で満たされていく。完成よりも先にタイトルを書きこんでいた。クラウスにとって『焰《ほむら》』を言い表すに相応《ふさわ》しい単語。

——『家族』

それは孤児の少年が辿《たど》り着けた、かけがえのない宝物だった。

◇◇◇

やがて師匠であるギードが部屋を訪れ、クラウスに特別任務を授ける。

終わりと始まりは同時に訪れる。

追想《紅炉《こうろ》》裏

『焔』の記憶を形にして残したい。

だが、果たしてスパイが写真や日記をどれほど残してよいのか。あらゆるリスクを考えれば、抽象画が適切な選択に思えた。

部屋に籠《こも》って、絵の具を筆に乗せ、感情のままにキャンバスに叩きつける。

ハイジの芸術とは比べものにならない拙さだ。しかし、芸術と向き合い、己の魂を刻み込むような彼女の姿をずっとクラウスは見てきた。ケンカだらけの日々だが、彼女の芯のような部分は密《ひそ》かに尊敬していた。

ゆえに部屋で一人、クラウスはキャンバスに向き合う。

早朝から始め、昼まで一気に描き進めた。中断したのはフェロニカが訪れたから。彼女は部屋から出ないクラウスを不審に思ったらしい。

彼女は絵を見るなりに「タイトルをもう書きこんであるのね」と呟《つぶや》いた。

「一番先に決まったからな」

クラウスは絵筆を静かに置いた。

「これまでの『焔』のことを思い出しながら、描いているよ」

「そう、きっと波瀾万丈《はらんばんじょう》の日々ね」

「振り返ると、ボスと任務に挑んだことは多くないな」

フェロニカは「そうかしら」と囁《ささや》いた。

クラウスと彼女が任務を共にする時は、大体『焔』ほぼ全員が出動する事態だ。年に一度あるかないかの出来事で、普段は行動を共にしない。

「避けられているんじゃないか、と思うよ」

冗談めかして言うと、彼女は「まさか」と首を揺らした。

「眩《まぶ》しすぎるだけよ。アナタが辿り着く未来が」

それ以上の説明はなかった。

彼女はクラウスの隣に移動し「いい絵ね」と絵の具塗《まみ》れのキャンバスを見つめている。

クラウスは流麗な線で描かれたような横顔を見つめる。

「ずっと疑問に思っていることがあるんだ」

椅子を差し出しながら、そっと尋ねた。

「ボスはあの日、何をしていたんだ？」

「あの日？」

「僕の初任務の日。ギャングたちが跋扈《ばっこ》していたスラムに、アナタの姿を見たんだ」

「…………」

彼女はクラウスが差し出した椅子には座らなかった。立ち上がったまま、じっとキャンバスを見つめている。

それは過去のことでクラウス自身の記憶も朧気《おぼろげ》だ。だが、ギードに無理やり連れ出された任務で、スラムを一人歩いている彼女を見かけた気がする。それをギードに伝えようとしたが、どう説明していいか分からず黙ってしまった。

「アナタは」フェロニカは薄く笑った。「知らなくていい」

「それは――」

「知ってほしくないの。アナタが全て知るのは、そうね、ルーカスが『焔』のボスになった時かしら。あの子と肩を並べて新しい時代を築いてほしい」

声音には溢《あふ》れんばかりの優しさが込められているが、内容は紛れもない拒絶。

所詮クラウスは『焔』の下《した》っ端《ぱ》に過ぎない。フェロニカやギード、そして、ディン共和国の上層部が何を考えているかは把握していない。駒として動いている。

その事実が、無力感が、稀《まれ》に激しく悔しくなる。

「かつて、この国には一つの軍事研究所があった」

拳を固く握りしめていると、フェロニカが呟いた。

「どこの国にもあるわ。新しい兵器を、新しい戦略を、なにより新しい兵士を作るための機関。私が見たのは、非人道的な行為の数々。あらゆる人体実験が行われていた」

「……？　それは――」

「とっくに壊滅したわ。世界大戦でのガルガド帝国の侵略でね」

彼女は嘲笑するように口の端《は》を歪《ゆが》める。

「なんの意味があったのかしらね。築き上げられた軀《むくろ》の山に」

クラウスが全く知らない歴史を話され、言葉を失った。

対外情報室が生まれる前のディン共和国。クラウスがスパイになる前の祖国。

「突然、なんでこんな話を？」とクラウスが問う。

「私も同じよ。過酷な境遇に追いやり、アナタという兵士を育て上げた」

彼女がキャンバスの表面を指でなぞった。まだ乾ききっていない油彩絵の具が、彼女の指先に赤く付着する。血のような赤色をじっと見つめている。

「いや、追い詰めたのはアナタだけじゃないわね」

「……っ」

「戦争を次の段階に進める——私の目的はそれだけ。二度と大戦争を繰り返さない。地獄は見飽きた。血で血を洗い、争い争い争い尽くした果てに辿り着く世界」

連想したのは、かつてゲルデから教わった命題だ。

——『五人を救うためなら、一人を殺す』

スパイたちが生きねばならない道だ。トロッコの行く末を操る。六人全員を救うなどという思考停止の綺麗事《きれいごと》に逃げない。冷酷で非情な決断を速やかに実行する。

フェロニカが思い描く未来は、誰かの犠牲で成り立つのかもしれない。

「きっとその世界を、私が見ることは叶《かな》わないでしょうね」

彼女が諦念のような、あるいは、自嘲のような笑みを見せた瞬間胸が苦しくなる。

残された時間を知りたい。

叶うならば、その全てを共にいたい。彼女の本心を受け止め、願いを成就《じょうじゅ》させたい。

その想いを述べようとした時、先んじて彼女は「クラウス」と口にした。

「アナタは、私の一部しか知らないのよ」

「……………！」

「世界には表と裏がある。アナタが知っているのは、表の物語だけなの。私が見せた、上辺だけの綺麗な現実。それでも傷つく覚悟を宿し、世界の裏側に辿り着きたいなら——」

フェロニカは赤く染まった指で、クラウスの喉元を突いた。

「――『焔』を愛するのは、止《や》めなさい」

思ってもみなかった発言だった。

なんで、と反射的に声が漏れている。

「なんでそんなことを言うんだ？　僕はアナタたちを――」

「家族のように想っている。だから言うのよ。アナタは家族を愛してはならない」

厳しく吐かれる言葉は、やはり納得できない。

自身が『焔』に依存している自覚さえなかった。それだけ自然にクラウスは、この環境に浸っている。他の居場所を知らない。孤児だったクラウスを招き入れてくれたフェロニカが、なぜ今更突き放すような発言をするのか。

「クラウス、アナタはね――」

そっと彼女が続ける言葉の意味を、クラウスはずっと考え続けている。

5章 『焔《ほむら》』より愛をこめて

「――《暁闇計画《ノスタルジア・プロジェクト》》を実現させるわけにはいかない」

ギードはハッキリと口にした。

ガルガド帝国の首都ダルトンから離れた場所には、王室の邸宅がある。その王室はガルガド帝国のものではなく、隣国ライラット王国のもの。現ライラット王国の国王ブノワ一世の甥《おい》とその子どもが暮らしている。

その邸宅の敷地に足を踏み入れた時、ギードは相手からされた話の信憑《しんぴょう》性を高めざるを得なかった。王室が関わっている以上、出まかせとは言い難《がた》い。

――《暁闇計画》。

ギードとフェロニカが突き止めた、世界の命運にかかわる計画だった。

だが、今この場にフェロニカの姿はない。彼は独自の判断で動き、フェロニカには秘密裏にこの場を訪れている。

邸宅でギードを待っていたのは、肥満の男だった。

「アナタなら味方になってくれると思っていた」

大きく腹が突き出た、ビール樽《だる》のような体型の男。白髪交じりで肌は脂ぎっている。お世辞にも清潔感があるとは言えない。有り体《あてい》に言えば、醜い容姿。しかし『藍蝗《あいいなご》』と名乗った彼が熟練のスパイであることはギードも知っていた。

噴水が静かに噴き出している庭で、藍蝗は嬉《うれ》しそうに頷《うなず》いた。

ガーデンチェアに腰を下ろし、紅茶とスコーンが振る舞われている。

傍《かたわ》らには、ギードをここまで案内した、『白蜘蛛《しろぐも》』が立っていた。マッシュルームヘアーがトレードマークの男は「ギードさんが来てくれるなら、百人力だ！」と嬉しそうに発している。小物のような発言だった。

ギードが「『蛇《へび》』はどんな算段だ？」と問うと、藍蝗は「三つのルートが」と説明する。

「一つ目は各国中央政府を脅迫し、《暁闇計画》の中核である例の開発を阻止すること。二つ目は《暁闇計画》の関係者から権力を放棄させること。革命を煽動《せんどう》して権力者を退け、要人を暗殺する。三つ目は、《暁闇計画》の前提を破壊してしまうこと。絵空事は百も承知ですが世界大戦そのものの阻止が叶えれば――」

「三つ目以外なら、俺はお前たちに手を貸さない」

ギードが端的に答えると、一瞬藍蝗の表情が固まった。

が、すぐに彼はハンカチで顔の汗を拭き、頷く。

「認めましょう。アナタの要求通りに──」

言葉は途中で終わった。

両者の目の前に置かれていたティーカップが、真っ二つに割られた。

ギードは抜いた刀を静かに鞘《さや》に戻している。そこでようやく藍蝗と白蜘蛛は、ギードが刀を振るったのだと認識できたようで、微《かす》かな呻《うめ》き声を漏らした。

「『白蜘蛛』から聞いた」

ギードは短く告げる。

「お前自身は既にライラット王国の革命を目論《もくろ》み、『白蜘蛛』はフェンド連邦でダリン皇太子の暗殺を目論み、準備を始めている。『紫蟻《むらさきあり》』に至ってはムザイア合衆国での民間人を問わない虐殺だ。第一のルート、第二のルートを同時に進行している」

ドスの利《き》いた声で「くだらねぇ誤魔化しはやめろ」と忠告する。

ただの脅しではなかった。ギードは、『蛇』のメンバーを四名、たった一人で蹂躙《じゅうりん》した実績がある。彼がその気になれば、今の『蛇』ならば容易《たやす》く潰せる。

個人の戦闘能力ならば、世界最強とも噂《うわさ》される男。

白蜘蛛が気まずそうに「いや、恐《こわ》かったし……」と言い訳を漏らす。

藍蝗が大きく息を吐いた。

「三つ目のルートは綱渡りだ。暗殺や革命の煽動、テロ行為を繰り返して、世界中を混沌で包み込んで、時間を稼ぐ。そのあとでようやく別のルートを考えられる」

「……どれだけ民間人を巻き込む気だ？」

「国際的テロ組織。そんな汚名もいいじゃないですか」

藍蝗の声量が大きくなる。

「《暁闇計画》の妨害──確実に阻《はば》んでくるのは『ニケ』、『八咫烏《やたがらす》』、『影種《かげだね》』あたりでしょう。『呪師《のろいし》』もおそらく敵になる。そしてアナタの情報を信じるならば『紅炉《こうろ》』も」

世界各国の諜報《ちょうほう》機関の実力者たち。

かつて世界大戦を終わらせた、スパイ界隈《かいわい》の頂点だ。《暁闇計画》には彼らが関わっているか、今後大きく関わることになる。

藍蝗は汗の滲《にじ》む額をハンカチで拭う。

「彼らに立ち向かうのに、そんな生ぬるい正義が通じるとでも？」

「なら、スパイ以外は殺すな。特に『紫蟻』と『銀蟬《ぎんぜみ》』は危険すぎる」

「なぜだ？」

「俺たちの正義そのものが失われる」

「答えはノーだ。なぜ我々がそんな制約を――」

「――『焔《ほむら》』を差し出す」

ギードの言葉に、藍蝗は呆気《あっけ》に取られた。

『蛇』にとってはあまりに破格の条件だ。だが、それ以上にギードの口から飛び出た言葉とは思えなかった。自らが長年所属した組織を差し出すなど。

彼は言葉を続ける。

「どのみち避けては通れない。賭けても良い。アイツらはボスにつく。ボス――いやフェロニカが本気で説得すれば抗《あらが》えない」

「……『紅炉』の異能か」

「『焔』は《暁闇計画》を実現させる大罪人になる。そんな汚名を着せられない」

彼は唇を噛《か》み、刀の柄《つか》に触れる。

「――汚名を背負うのは、俺一人でいい」

◇◇◇

終戦から九年、『焔』は終わりを迎え始める。

それはクラウスが与《あずか》り知らぬ場所で進行し、知るのは全てが終わったあと。

《暁闇計画》という三大国が秘密裏に企てていた計画を巡り、フェロニカとギードは対立。両者の溝は埋まることなく、決裂は決定的になった。表面上は和解を取り繕いながらも、陰では各々《おのおの》が別の目的を遂行。メンバーにも詳しく知らされなかった。

フェロニカは他スパイと連携し、新たな多国間組織を作り上げていた。

ギードは陰で『蛇』と接触し、他メンバーの指導を行った。

唯一フェロニカから相談を受けたゲルデは、沈黙を貫いた。訪れるであろう次の時代に向け、見どころのある者に手当たり次第に修行をつけた。

違和感を見抜いたヴィレはルーカスに相談し、ルーカスは両者の溝を埋めるために暗躍を始めた。《暁闇計画》そのものに近づき、ライラット王国に向かった。

ハイジはただ己の為《な》すべきことを果たすため、ガルガド帝国で任務を果たそうとした。

『焔』が終わる最後の一年間。

クラウスはビュマル王国の地で特別任務に当たっていた。

◇◇◇

『クーデターで成立したビュマル王国新政府だが、政権が安定しない』

ギードから授けられたのは、長期間にわたる過酷な任務。

『焔』はその性質上、数年以上にわたっての潜伏任務は存在しない。長くて半年で終わることが多く、クラウス単独で一年というのは初めての経験。

内容もまたこれまでとは比べものにならない、高難度ミッション。

『新政府はクーデターが中途半端《ちゅうとはんぱ》な形で終わったこともあり、比較的穏健な右翼が政権を握った。だが、地下に潜った急進的な極右勢力が再びのクーデターを目論んで、力をつけやがった。世界各国から平和条約の撤廃を求める過激思想の連中が集結した。もう一度世界大戦を望むような、カルト的な信仰を伴う最悪な奴《やつ》らだ』

クラウスも携わった、無血クーデターの末路。

ルーカスの思惑は、クーデターを支援することで更に先鋭的な極右勢力が政権を奪取することを妨げる目的もあった。だが、極右活動家はそれで野望を諦めたわけではない。

再びの世界大戦を望む奴らがいる。

クラウスにとってみれば有り得ない発想だが、彼らにも理想があるのだろう。

『――ビュマル王国内のカルト極右団体の潜入捜査だ』

ビュマル王国は南北に長い国家だ。

クラウスが向かうのは、その北端。ディン共和国からは遠く離れた極寒の地を根城にし、いくつもの結社が新たなクーデターを目論んでいる。

彼らは森林や離島にコロニーを形成し、軍事訓練に励んでいるらしい。数は二十を超える。閉鎖的な環境で独自の生活を成り立たせている秘密結社の全容を掴むのは、さすがのクラウスでも骨が折れた。

『既に多数の同胞が極右団体に見つかり、連絡が途絶えている。一つのチームが丸々壊滅し、「任務続行不可能」と判断された。捕らえられた同胞を救うのも任務の一つだ』

ビュマル王国の諜報機関『カース』も手を焼いているという。

これが不可能任務であると強調し、ギードは最後に特別なことを言い渡した。

『もし危機が迫れば――潰してもいい』

一年の年月を経て、クラウスは九つのコロニーを壊滅させた。

「…………『燎火《かがりび》』、他人の国で暴れないでくれる？」

あまりの暴れっぷりに唖然《あぜん》としているのは、オリエッタ。

かつて関わった『アカザ姉妹』の妹であり、『カース』の一員。唐突にクラウスが借りる部屋を訪ねてきた彼女は、クラウスからの報告を聞くと声を震えさせた。

「事前に伝えていただろう？　捕まった同胞を助けるため、しばし潜伏する、と」

「……誰がわざわざ組織を潰すと思うか。これ以上の干渉は認められない」

「代表や幹部らしき連中を拘束しただけだ。事前に内部に忍び込み、最小限の戦闘で済ませている。咎《とが》められる筋合いはない」

クラウスは椅子に腰を下ろしたまま、念入りに銃の手入れを行う。

オリエッタは不服気な表情で立ち尽くしている。

「……どうやったの？」

「街で極右結社の情報を仕入れ、コロニー内部に侵入。時期を見て、爆弾による破壊工作。混乱に乗じて囚人の解放と、幹部の捕縛と誘拐。それだけだ」

「言葉でいうのは簡単だけど」

「アリの空けた穴を用いて城砦《じょうさい》を壊す、とも言い換えてもいい」

「言い換えないで」

気味悪そうにオリエッタが眉を顰《ひそ》める。

「アナタ、いい教師にはなれそうにない」

「なる予定もないからな」拳銃を組み立て直し、顔をあげた。「それで？」

「はい？」

「何の用だ？　ただの小言か？」

オリエッタは小さく唇を噛んだ。

何かを大きく躊躇《ちゅうちょ》するような、奇妙な間があった。

「ここ最近、姉さんと合衆国で任務に当たっていた」

「トルファ大陸経済会議か？　まだ会議は終わっていないのに戻ってきたのか？」

「――理由は言えない」

「そうか」失敗したのだな、と察する。「なら聞かないが」

「『焔』は何か知らない？」

スパイにしては率直すぎる質問に「曖昧過ぎるな」と肩を竦《すく》める。以前出会った時はもっと理知的な人間だと考えていたが。

半年間以上にわたるトルファ大陸経済会議は始まったばかりのはず。

開幕直後から大きな動乱があったようだ。

「世界各国のスパイが殺されている。原因は不明。上層部は更に諜報員を送り込む予定だけれど——何か恐ろしいことが起きている」

「…………」

「知っていることを話せ。命までを奪う気はない」

オリエッタが殺気を強めた瞬間、彼女の手には拳銃が出現した。袖に隠し持っていたようだ。既に撃鉄は起こされ、発砲の準備が整えられている。

「僕は何も知らない。集まったスパイ同士が殺し合っているんじゃないか？」

「これ以上、誤魔化すなら撃つ」

「感情的すぎて話にならないな」

意地悪に息を吐いた。

「姉を連れて来い。今、どこにいるんだ？」

一瞬、オリエッタの表情が歪《ゆが》むのを見逃さなかった。

彼女が焦《あせ》っている理由を理解する。命を落としたようだ。妹のオリエッタだけが逃げ帰ってきたのだろう。

悔しそうに唇を噛むオリエッタを見送り、クラウスは窓の外を見た。

――何か恐ろしいことが起きている。

トルファ大陸経済会議にはディン共和国も関わっている。本国からは誰が派遣されたかまでは、情報が入ってこない。

いち早く任務を果たして帰国しなければな、とクラウスはすぐに腰を上げた。

◇◇◇

クラウスはビュマル王国での任務中に、一人の男と知り合った。

この国の極右秘密結社は、多くの諜報《ちょうほう》機関が危険視している。仮にこの結社のうちどれか一つでもクーデターが成功すれば、世界はより混迷する。ありとあらゆる国にとって大きな悪夢をもたらす結果になるのは明白で、世界各国が監視していた。

ゆえに彼もまた、世界のどこかから派遣されてきた者らしい。

クラウスが初めて見る――自身より年下のスパイだった。

「YAYAYAっ‼」

十六歳だと自称する彼は、クラウスの任務の場について回った。

「ねぇねぇ『燎火』君。キミは休憩時間ってものを知らないのかい？」

次なる極右結社『K93』は、ビュマル王国北端の離島を拠点にしている。彼らはコロニーを形成し、時に街に出向いて政府関係者を誘拐し、苛烈な拷問を行う。

ボートを運転しながら、楽し気な声をあげる少年を睨《にら》む。

「本当に、お前があの『桜華《おうか》』なのか？」

「YA！　なんで信じてくれないかなぁ」

あどけなさが残る笑顔だった。

身長はかなり小さく、クラウスの肩ほどまでしかない。ベージュのトレンチコートはサイズが合っていないようで、足元まで丈が伸びている。くしゃくしゃにうねっている黒髪《くろかみ》は目元まで伸び、また色の入った片眼鏡をつけているせいで顔がよく見えない。

――ただ『桜華』という名は聞いたことがある。

「ここ最近名をあげている男だろう？　国際会議の場に必ず顔を出し、苛烈なスパイの命を奪う。『スパイの規律』を自称している、国籍不明のスパイ」

「YA！　キミにまで知られているとはね」

「だが、歳《とし》が合わない。僕の情報が正しければ、お前は十歳から活動している記録になる。もしかして『桜華』とは襲名するのか？」

「細かいことは気にするな！　目的は一緒なんだから」

もう少し情報を引き出したかったが、控える。

今回の『K93』のコロニーに潜伏した際に、知り合った。なんの違和感もなく、極右団体に紛れ込み、上官から信頼を勝ち取っていた男。夜間に出歩いている際、互いに気配を消して行動していたため偶然鉢合わせし、正体が発覚した。

目的の極右団体を潰すまでは一時的な協力関係を結んでいる。

「――粛清対象」

『桜華』は断言する。

「カルト極右がガルガド帝国から支援を受けているなんて猿でも分かる。スパイが世界の治安を必要以上に荒らしてはならない――規律違反だ」

「スパイに規律などないだろう」

「規律は最初からあるものじゃない。作りあげるものだ」

話し合いながらも、真夜中の離島に到着する。

十年前までは無人島だったという。人が住める場所は、ほとんどない。

冬には島全体が氷に覆われる死の島は、俗に『氷露庭園』と呼ばれていた。

草木がほとんど生えず、激しい波が打ちつける。崖に囲まれた島だ。攻め入ることは難しい。人が生きられるのはせいぜい『K93』が険しい崖のそばに作った、四ヘクタールほどのコンクリートの居住区のみ。

クラウスは彼らの下《した》っ端《ぱ》に成り代わり、三週間ほど前より内部に潜入していた。居住区にいるのは二百人ほど。全員が『K93』の構成員。人員の流動が激しい組織なので、誰かに成り代わるのはそう難しくない。

街で弾薬を受け取る仕事を果たすため、一時的にコロニーから離れ、戦闘準備を整えた。予定よりも早い行動に『桜華』は不服そうだったが、無理やり島に向かわせる。

唯一の港に着いた時、守衛の者はいなかった。出払っているらしい。

微《かす》かな違和感を抱きつつ、アジトに入り込んでいく。

極右秘密結社『K93』は、かなり暴力的な集団だ。目的を果たすためなら、一般人を人質にとることも辞さない。ディン共和国のスパイも捕縛されている。生死は不明。他にも『カース』の諜報員を中心に多数のスパイが捕まっていた。

「妙だな」

事前に入手した地図を元にコンクリートの廊下を進む。

歩いた距離に比例するように違和感が増していた。

「あまりに人の気配がない」

「YA？　元々その予定を見越したんだろう？」

今晩は結社の大半が、別組織との抗争のために出払っている。クラウスが流したデマの効果だった。離島の警備は半分以下。

「予定よりも少ない――というより人はいるが、活気がない」

粗悪なコンクリートで塗り固められた廊下には、まるで人がいない。三週間前から潜伏していたクラウスが初めて見る光景だった。

平時は、誘拐してきた市民を日夜凌辱《りょうじょく》し、楽しんでいる連中なのだ。持ってきた弾薬を倉庫に運んだ際も、確認する者も現れない。

「指令室の方で怒号が聞こえるな。ＹＡＹＡ」

「何か問題が発生したようだな」

「理由を調べるか？」と桜華が問う。

「いや、好都合だ。混乱に乗じて囚人を脱出させよう」

一気に駆け出す。

「勘だが――一刻も早く島から離れた方がいい」

長期間いるのはまずい、と本能が叫んでいる。

足早に拷問部屋まで辿《たど》り着く。居住区最奥《さいおう》にある四角いコンクリートでできた、デザインもへったくれもない空間。内部には十人ほどの人間が裸で倒れている。両腕は大きな鎖で拘束され、全身から流血の跡が見られた。

——ディン共和国の同胞四名は、既に息絶えていた。

すまない、と胸の内で謝り、生きている者を探す。

辛《かろ》うじて息がある者は四名いた。中には子どもらしき姿もある。人質として連れてこられたか。義憤に駆られるが、頭と身体《からだ》は冷静に働いた。鍵を用いて、手錠を外す。

『桜華』が嬉《うれ》しそうに笑った。

「逃がすのかい？　ディン共和国とは無関係の人間だろう？」

「救える者は救いたい」

「いいね。YA、ボクも賛成だ」

「彼らを安全な場所へ。僕は『K93』のボスを拘束して——」

すぐに脱出する——それが当初の予定だった。

脱出用のボートは、二つほど用意してある。四人は可能な限り助ける。敵のボスを誘拐し、安全な場所で情報を吐かせる。それが本来の計画だ。

そのための下調べも準備も済ませてある。何も問題ないはず。

「YA？」

異変が生まれたのは、『桜華』だった。

彼の口から血が溢れ出した。

銃声や物音がないことから敵ではないと推測できる。彼の身体に外傷らしきものは見られない。しかし、彼の口から血が溢《あふ》れた直後、突如、そのまま彼は崩れ落ちた。

「……あー、これはシクったかも――」

突如、爆発音が鳴り響いた。

距離は離れている。クラウスが乗ってきたボートがある港の方角。大人しかった『K93』の構成員たちが起き始め、コンクリートのアジトが途端に騒がしくなっていく。

まるで状況を掴《つか》めないまま、救い出した四人の囚人を見つめる。

――彼らも同様に吐血の跡があった。

まさか、と息を呑《の》む。

磨き上げた直感が最悪の事態を予想していた。

◇◇◇

「貴様はワタシのことなど知らないよ。富める者よ」

『氷露庭園』そばの近海で、その存在は小型船に乗っていた。

へアバンドで髪を上げ、大きな額を晒《さら》している。眼光は飢えた獣のように鋭く、強い輝きを放っている。青白い肌をしている割には肉付きが良く、頬が痩せている割には腕が太く、どこかアンバランスで歪《いびつ》な印象を有している。

かつては『カース』の工作員——『飼育員』。

しかし、今は全く別の名を名乗っている。

「だが、ワタシは貴様の全てを知っている。絶対に闘ってはならない。姿を現すな。足手纏《まと》いになる、闘えない人間を巻き込め。『燎火《かがりび》』は家族に憧憬を抱く。根幹には孤独。繋《つな》がった他者を見捨てない」

手にした望遠鏡を島に向け、彼女は口にする。

「なによりサルポリ——ひいては、ビュマル王国を救った英雄だ」

彼女の脳裏には彼との運命的な出会いがある。

——サルポリで灰シャツ隊を次々と鎮圧するクラウス。

あの武勇を見た時、彼女の心は打ち震えた。果たせなかった正義を遂行する姿を見つめ、身体の底から一つの感情が湧き起こる。

憧憬、否《いな》。感謝、否。恋慕、否。嫉妬、否。

全く別の感情が彼女の心をまるで別物に作り替えていた。

「ゆえに——ワタシは貴様が死ぬほど、憎たらしい」

彼女に生まれたのは、狂おしいほどの——憎悪《ぞうお》。

あの日に生まれ落ちた憎しみは、日を追うごとに育っていった。

「生まれついた瞬間、人は富める者と飢える者に二分される。幸運なだけの分際が富を独占し、他者を蹂躙《じゅうりん》する。ワタシの父と母は小さな布団《ふとん》の上で、血を吐きながら死んだ。生まれた場所が恵まれなかったという理由だけでっ！」

望遠鏡を握りしめる手に力が入る。

「肥えに肥えたブタ共がっ！　貴様の才能がっ！　能力がっ！　仲間がっ！　許せないっ！　たまたま恵まれたという理由だけでっ、賞賛を浴びようなどと強欲極まれり‼　胸《むな》糞悪《くそわる》い脳髄を引きずり出してやりたいなぁ‼」

コードネーム『銀蟬《ぎんぜみ》』——かつての『カース』の工作員は、『蛇《へび》』に寝返った。己の政府と諜報《ちょうほう》機関に絶望した彼女は、それらを破壊する側に回った。

彼女は格差を許さない。

先天的な富を、血筋を、才能を、認めない。

自身が果たせなかった正義を、その武勇で成し遂げたクラウスを憎悪する。

「ワタシが大切に育ててきたものをぜひとも可愛《かわい》がってくれ、『燎火』よ」

銀蟬は紅潮した顔でそっと笑みを浮かべてみせる。

「古今東西あらゆる英雄を殺してきた死神――病原菌にひれ伏せ、持てる者」

これからクラウスに降りかかる災難は、全て彼女の手腕。

『銀蟬』VS『燎火』――その死闘は、クラウスが分からぬ形で始まっていた。

◇◇◇

無人島の大半は、草木の一本も生えない岩肌で覆われている。

コンクリートのアジト以外のほとんどが岩山で、隠れる場所には困らない。

クラウスたち二人はそれぞれ囚人たちを一人背負い、一人を抱え、アジトから離れて岩山を上っていった。波で削り取られたような横穴を見つけると、身を潜ませる。

助けられたのは、ビュマル王国の男性警官。彼の息子と娘。それぞれ十二歳、八歳といった年齢だ。また、ライラット王国の女性スパイが一人。

男性警官はギリギリ歩けるようだが、他三人は息も絶え絶えになっている。特に女性スパイの方は手ひどい拷問に遭ったらしく、視力を失っている。

全員が『K93』に拉致されたという。

政府や外国に対する人質などに用いるのだろう。女性は慰み物かもしれない。

身を休めたところで、男性警官に問う。

「何日前から症状が出ている？」

喫緊の問題は、この島で蔓延《まんえん》している感染症だ。

男性はすまなそうに頷《うなず》いた。

「自分は三日前からです」

「理由に心当たりは？」

「二週間前、奴《やつ》らが捕らえてきた者が同様の症状でした。肺が元々弱いと言っていましたが、まさか感染症とは……」

「風通しが悪い、こんな環境だ。あっという間に蔓延したか。その男は？」

「既に亡《な》くなっています。口から血を吐いて」

やけに人が少なく感じたのは、この病気が要因か。

囚人を連れ去る前、『K93』の人間を捕らえ、情報を聞き出した。彼らも分かっていないようだ。二日前から急速に病が蔓延したという。何人かが突如、発熱。肺が燃えるような炎症を起こし、吐血。今晩に命を落とした者も現れ、事態の深刻さを理解したという。

クラウスにとっても、最悪の結果になった。

――助けた四人の囚人は、全員が感染していた。

（……身体に豆粒状の丘疹《きゅうしん》がある。天然痘のような症状だ。加えて肺の炎症……なんにせよ、僕の知識にはない感染症だな……）

拷問部屋に転がっていた遺体の一つを解剖し、確認している。

既に何人かが命を落としている以上、危険度は高いようだ。

クラウスの傍《かたわ》らでは『桜華《おうか》』が苦しそうに呻《うめ》いている。囚人二人を運んできた彼だったが、そこまでが限界のようで今は力なく横たわっている。

「……状況は？」

「ボートが爆破されたようだ。この島にある全ての船が消えた」

「偶然にしては、最悪すぎるな」

「そうだな。明確な悪意がある」

百歩譲って感染症が偶然だとしても、ボートの爆破は人為的な仕業だ。

孤島から脱出する手段は断たれた。ここは、岩で覆われた死の無人島。船を組み立てるのは容易ではない。

——手を打たねば餓死か、病死か。

『桜華』が苦しそうに血で汚れた口を拭う。

「医者に診てもらわないと、身体が持たないね。ＹＡぁ。なんとかして無線で島外の『Ｋ93』の仲間に船を持ってこさせないと——」

「あの無線を扱えるのは『Ｋ93』のボスだけだ」

「あ……？」

「ボスなら血を吐きながら死んでいた。老体では耐えられなかったんだ」

事態を理解したのか、『桜華』が目を見開いている。

「……指令室の口論は、それか」

「その通りだ——この島を出る手段はない。僕たちも、『Ｋ93』の党員も」

誰も容易に近づけない、秘匿性の高いコロニーが完全に仇《あだ》になっている。結果的に外部から助けを期待できない、絶望の孤島と化した。

もしこれが誰かの悪意ならば、相当に計算高い。

（何者の仕業だ？）

そもそもこんな急速に病状が悪化する感染症など聞いたことがない。

そんな病を意図的に蔓延させる手腕だけでも異常だ。病が島全体に蔓延し、老体のボスが命を落とすタイミングで、船を破壊する手際《てぎわ》。

（——『K93』の敵対組織の仕業か？）

一番に思い浮かぶのはその可能性だが、巻き込まれたクラウスからしてみれば、たまったものではない。最悪の事態に直面している。

「YA……！　潜伏期間の間にボクも感染したか。こんな事態はさすがに計算外だ。病原菌を操る工作員など聞いたことがない」

『桜華』が悔しそうに舌打ちをして、クラウスを見る。

「ただ不幸の中にも幸いはある」

「……なにがだ？」

『『燎火』、キミがまだ感染していない。動ける人が一人いるのは——」

「いや、僕もおそらく感染している。つい先刻、発症した」

あえて淡々と答える。

どうやら一気に島中に蔓延し、潜伏期間にバラつきがないウィルスのようだ。食事に毒を盛られぬよう気をつけていたつもりだが、感染症の警戒までは怠っていた。

『桜華』の言う通り、あまりにスパイの想像を超える攻撃。

「残念だが、不幸の中には不幸しかないよ」

最悪なのは、クラウスたちの敵は感染症だけではない。

追い詰められる要素はいくらでも挙げられる。

「僕たちは囚人たちを脱出させてしまった。『K93』の党員はいずれ気づくかもしれない。内部に潜入した、僕らの裏切りを」

本来ならば裏切りが発覚する前に脱出する予定が、崩れてしまった。

謎の感染症に蝕《むしば》まれ、ボートは爆破されて『K93』の党員は何を思うか。

決まっている。敵がいるのは明白なのだ。その敵は、ワクチンを所持しているかもしれない。脱出ができない以上、その可能性に賭けるしかない。

「火器で武装した『K93』の党員――彼らが僕たちを殺しに来る」

さて、とクラウスは己の手を見つめる。

病に蝕まれた身体《からだ》で一体どこまで闘えるのか、と。

◇◇◇

クラウスの発症から四十八時間が経過した。

島からの脱出の目途は立たない。

アジトの中に船を作れるような材料が残っていないのは、党員の狼狽《ろうばい》ぶりから見て明らかだ。素材はせいぜい箒《ほうき》の柄や流木、シーツくらいのもの。家具は安価なアルミ製か鉄製だ。島を囲む荒波を越えるのは難しい。

加えて今のクラウスには余力がない。生存するだけでギリギリだ。

「――今日の食糧と水だ」

水と食糧は危険を冒して『K93』から奪わねばならない。相手もそれがクラウスたちの弱みだと気づいたようで、厳重に警備されている。

差し出したミネラルウォーターの瓶を、男性警官は不思議そうに見つめている。

「アナタは？」

「……雨水で十分だ。子どもたちに分けてやれ」

男性は頭を下げ、横たわる子どもたちに水を飲ませる。

岩肌で覆われた島の唯一のメリットは、雨水が溜《た》まっていることだ。衛生面に大きな不安が残るが、飲まないよりはマシ。

洞穴で採取した雨水を飲みながら、今の状況を整理する。

場所：離島。水なし、食糧なし。本土までは七十キロ。周囲の海は潮の流れが激しい。

味方：囚人四名、仲間一名。いずれも重体。

状態：島内の人間全員が原因不明の体調不良。（未知の感染症と推定）

敵：島内には『K93』の党員が百名弱。（八割は感染者と推定）

（追い詰められている、などという生易しい状態ではないな）

救い出した囚人はもちろん、『桜華』もクラウスも病状は悪化している。

クラウスの両腕にも丘疹ができ、呼吸をするだけで肺が焼けるように痛む。

だが、休むことはできない。今も『K93』の党員たちが交代で、クラウスたちが潜んでいる洞穴を突き止めようとしている。

戦闘は避けねばならない。拳銃の残弾は心許《こころもと》ないし、なにより体力が惜しい。

――方針①：島内の『K93』党員を排除し、安全の確保。

──方針②：島外への脱出。

現状②を考える余力はなく、『K93』の党員を減らすことに専念する。

(奴らの一部を寝返らせ、殺し合わせるか)

いかなる手段も辞さない。今際《いまわ》の際だ。

(『助かる方法がある』と嘯《うそぶ》けば、いくらでも引き込める。用が済んだら殺せばいい。加えてアジトに潜入し、小銃が暴発するよう細工をするか)

既に『K93』の党員たちと三度闘い、十二名殺した。

停戦交渉は最初から諦めている。病に侵された彼らは論理的思考を放棄している。クラウスを殺せば特効薬が手に入る、と盲信している。

(……仲間がいれば、いくらでも手立てがあるんだがな)

ふと『焔《ほむら》』メンバーたちの姿が思い浮かんだ。

あまりに甘えた発想に、思わず自嘲してしまう。だが、不思議と心が休まった。

「……なぁ、『燎火《かがりび》』」

洞窟の壁に身体を預けていると、『桜華』が話しかけてきた。

「なんだ?」

「キミだけなら泳いで本土まで行けるんじゃないのか?」

「無理だ。僕も病人だぞ」

「…………そうか」

嘘《うそ》だった。

少なくともこのまま島に残るよりも、ずっとマシな賭けだ。一人用の船くらいなら作れる可能性もある。シーツと流木を繋ぎ合わせるのだ。

（だが、その場合――囚人を殺すことになる）

彼らだけでは半日も生きられない。一度島を離れれば、たとえすぐボートで助けに戻っても間に合わない。現状、彼らを見捨てる選択肢はなかった。

「――ＹＡ、ボクのことはいい」

『桜華』が小さな声で笑った。

「所詮はバックアップの一人に過ぎないからね」

「バックアップ？」

「群れを守るためならば個は喜んで犠牲になる。重要なのは『桜華』というスパイを絶やさぬことだ。名が残れば規律が残る」

意図は分からないが、声に切実な感情が込められていると悟った。

たった数日間しか一緒に過ごしていない少年が、何かを必死に訴えようとしている。

「また会おう、『燎火』。別のボクによろしく伝えておいてくれ」

それ以上の言葉はなかった。

既に『桜華《おうか》』の呼吸は止まっていた。動力源が断たれたような不思議な途絶え方。身体に触れてみるが、既に脈はない。心臓の鼓動もない。眠ったと思うくらいの静けさ。

クラウスは彼の服を探り、レーションと水を回収した。

そのまま洞窟の奥で子どもの看病をしている男性警官に、差し出す。

「これは、アナタ自身が使うといい」

「え……」

困惑する彼に「一人分不要になった」と短く説明する。

『桜華』の遺体は海に投げ込むと、そのますぐに見えなくなった。

◇◇◇

クラウスの発症から七十二時間が経過した。

この頃より『K93』の襲撃回数が格段に減った。

敵意が下がったというより、彼らも病状が進行しているようだ。

クラウスの計略も功を奏したらしく、同士討ちが起きた。クラウスから特効薬をもらうために、メンバーの一人が仲間に銃弾を乱射した。結果的に彼は撃ち殺されたようだ。アジトから聞こえた銃声はすぐに止《や》んだ。

昼間、島に流れ着いた流木と衣類を繋《つな》ぎ合わせた船で、島の外を目指している者がいた。だが、船は間もなく荒波に揉《も》まれ、沈没した。

食糧を奪うために、クラウスは彼らを五人ほど殺した。が、途中で引き返す。奪えたのは僅かなレーションのみ。銃弾が右肩を掠《かす》め、要らぬ負傷をした。

とうとう敗北した。ただの秘密結社の党員ごときに。

（――体力を温存するしかない）

病状はクラウスの身体を蝕み続けている。

なんとか生き残っていたライラット王国の女性スパイもこの日、息絶えた。

治療せねば死に至るのは、『桜華』のケースからも明らかだ。

だが焦《あせ》ってはならない、と強く言い聞かせる。

現状、助かる希望は一つしかない。

（いずれ島外にいる『K93』の他メンバーがやってくる。船を奪い、脱出する。それが最も成功確率の高い賭けだ）

洞窟の奥からは、苦しそうな子どもたちの咳が聞こえてくる。

親子はそれぞれ固く手を握りしめ、励まし合っている。

（『焔』の仲間と――陽炎《かげろう》パレスに戻り、彼らと再会するまでは死ねない）

彼らとの記憶を思い出す一瞬だけが、心安らかになれた。

九十六時間はあっという間に経過した。

◇◇◇

地獄の様相を呈している離島のそばの海の上で、銀蟬《ぎんぜみ》はほくそ笑んでいた。

連れているのは『紫蟻《むらさきあり》』が、一般市民を洗脳して作り上げた暗殺者『働《はたら》き蟻《あり》』。それが二名。命令すれば躊躇《ちゅうちょ》なく命を絶ってくれる彼らは、ガルガド帝国のスパイよりも扱いやすい。一般市民の洗脳はギードが禁じているが、『藍蝗《あいいなご》』が秘密裏に命令している。

夜霧に紛れ、エンジン動力の小型船で密《ひそ》かに島に接近する。

「さて、脱出方法はないはずだが『燎火』はどうするか？」

へアバンドを押し上げ、静まった島を見つめる。

「無論、島外の『K93』の党員たちが戻ってくることはない。彼らも漏れなく感染者。任務を成すために、燎火は他の極右勢力に抗争を仕掛けるよう促したようだが、裏目に出たね。島外の党員たちも病状は進行している。あえなく敵対勢力に返り討ちにあい、例外なく死を迎えたさ」

最後の希望が潰《つい》えた事実を、クラウスが知る由《よし》もない。

――彼は何も知らないまま死ぬ。

彼は自身が極右結社同士の抗争に巻き込まれたと思っているだろう。彼が襲撃する日時が、漏れているはずがないのだから。

彼は仲間に裏切られていると知らない。他でもない師匠に。彼がディン共和国のスパイに渡した報告書はギードが手を回し、途中で回収した。

不運を呪っているだろう、とほくそ笑む。

――銀蟬が盛ったのは、トルファ大陸で発見された病原菌だ。

ある部族で祟《たた》り扱いされた病。致死率が高すぎるため、その病原菌は世界に広がらず知名度は乏しい。だが、悪夢のような存在だ。感染者は生きていても地面に埋めるという対処法を知らなければ、街全てを破壊する天然の生物兵器だ。

「気分はどうだ？　──『燎火』」

目に見えぬ病原菌が支配する島に、銀蟬は言葉をかける。

「恵まれた環境で生まれ育ち、遥《はる》かなる頂に到達せん男。お前は力を分けるべきだ。運に恵まれず、弱く、貧しく、しかし清らかな心を持つ者──例えば、ワタシに」

ハハッ、と鼻で笑う。

「──ワタシに施せ。さもなくば、死ね」

望遠鏡を置き、代わりに用意していたアタッシェケースを摑《つか》んだ。

この中身を送ることこそが、彼女が島に近づいている理由。

「いいものが届いた。事前の計画とは違うが、くれてやろう」

攻めの手を止めない。

銀蟬がもっとも恐れるのは、クラウスが衰弱しきる前に囚人が全員亡くなること。

囚人はクラウスを縛る枷《かせ》だ。それがなくなれば、彼は泳いでの脱出を試みるかもしれない。常人なら溺死だが、相手は『炬光《きょこう》』の弟子だ。楽観はしない。

狙うのは、彼の支えになる根源。

「お前の心を食い破る──死に至る病だ」

銀蟬は夜霧に紛れたまま島に上陸し、港にアタッシェケースを置くと、すぐに去った。

◇◇◇

百二十時間が経過した頃、島に大きな変化が訪れた。

――『K93』の党員が全滅した。

大半は感染症や同士討ちで亡《な》くなったのだが、トドメを刺したのはクラウスだ。四人の子どもたちの病状が悪化し、新たな水が必要になり、決死の覚悟で調達に向かい、交戦。拳銃を奪って殺したあとで、他に生存者は残っていない事実に気づいた。

真っ先に探索したのは、無線室。だが中は荒れていた。元々はボスが暗号を入力しないと、本国に連絡が取れない仕組み。その暗号を技術のない者が無理やり突破しようとしたらしい。無線機は完璧に壊れ、修理できる状態でもなかった。

更に深刻なのは、食糧の残量だ。アジト中を探し回ったが、全くと言っていいほど残されていない。党員同士で奪い合った結果、誤ってかなりの量が廃棄されたようだ。

クラウス自身、二日前からほとんど食事を摂《と》っていない。塩と水だけの食事は、進む病状に抗《あらが》うには不足すぎる。さすがに落胆した。

遺体の腐敗臭が満ちたコンクリート製のコロニーは、巨大な棺桶《かんおけ》だ。

建物内を進むだけで病状が悪化すると判断し、ハンカチで口を覆う。島外への脱出に使えそうなものを探す。

(なんにせよ党員が消えたなら、脱出に専念するだけだ)

ふらつく足に力を籠《こ》め、生存の可能性を探る。

——箒《ほうき》の柄、党員が集めた流木、シーツ、枕、衣類。

果たしてこれに囚人三人と自身を乗せられるか。かなり微妙だ。

(より軽くて丈夫な材料が要る)

漂流すれば、死は確実。何か素材があれば、とコロニー内の散策を続ける。

やがて港の方に、奇妙なアタッシェケースが置かれているのに気がついた。

(…………なんだ、これは?)

アタッシェケースは傷だらけで、党員たちが破壊しようとした痕跡が見られる。鍵を攻略できずに、放置されたようだ。

無論、クラウスならば難なく開けられる。

使える物でもあればいいが、と思いながら、ピッキングツールを鍵穴に差し込んだ。

——透き通るような白髪が詰まっていた。

「…………髪？」

意味が分からずに言葉を漏らしてしまう。

なんにせよ、船の材料にはなりそうもない。

だが、自然と目が離せなかった。漂白されたような美しい白さ。一種の芸術品にさえ感じられる純白の髪は、彼がよく知っている者の髪と酷似していた。

口の中の水分が消え、からからに乾いていく。

バカな、と感じながらケースの底に手を伸ばした時、一枚の紙を見つけた。

【汝《なんじ》は清く生きた者——『煽惑《せんわく》』のハイジ】

メッセージが記された紙が置かれていた。

過《よぎ》るのは、直前にオリエッタが明かしてくれた言葉。世界が変わろうとしている予兆。優秀だったヴァンナが殺された事実。無意識のうちに『焰《ほむら》』には無関係だ、と決めつけた。

自身よりも優れたあの人たちが命を落とすわけがないのだから。

――だが、この切られた純白の髪は一体、何を意味するのか。

その意味を悟ってしまった時、クラウスの身体《からだ》から力が抜けた。

悪意が充満する島で死んだように気を失った。

◇◇◇

銀蟬が島の異変に気づいたのは、ボートの爆破から六日が経《た》った頃だ。

彼女は小型船に乗りながら、常に島の動向を観察していた。脱出者や島内の生存者の有無を観察するためだ。仮に脱出を試みる者がいれば射殺せねばならない。

そろそろ命を落としているはずだが、容易には近づけなかった。

（……対象を抹殺したかどうか確認が難しい。それがワタシの短所だな。あぁ、なんて愛らしいんだ、ワタシは）

扱える場所が限定的だが、銀蟬がもたらす病は発動すれば猛威を振るう。

クラウスを殺せる確信はあるが、その結果を確認するのは容易でない。迂闊《うかつ》に上陸し、

『K93』の党員やクラウスと戦闘になるのは望ましくない。

島から五百メートル以上離れた場所で、島の様子を確認する。

大きな変化が起きたのは、その直後。

――『K93』のコロニーで突如、大爆発が発生した。


「爆破!?」

激しい轟音《ごうおん》が鳴り響き、荒れ狂う炎と黒々とした煙が立ち上る。

『K93』はクーデターのために大量の火薬を溜《た》めこんでいる。残った火薬を全て使ったのだろう。コロニーが半壊している。

原因は不明だが、人為的な爆破であると銀蟬は仮定した。

「……狼煙《のろし》か？　だが、その程度の爆薬じゃ本土には届かない」

昼の空を赤々と照らすような威力もない。せいぜい銀蟬の元まで音を響かせる程度だ。

波の高さも変わらない。建物の破壊が精いっぱいだ。

最後の足掻《あが》きかもしれない。

銀蟬は静かにコロニーを見つめる。

「………………あるいは、自決か？」

事故という可能性を除けば、もっとも妥当だ。

助けが来ないと絶望した者が、長引くだけの苦痛に耐えきれずに自ら命を絶つ。拳銃自殺というのは心理的にも物理的にも障害は多い。

「もしくは『燎火《かがりび》』の策……と警戒しておくか。杞憂《きゆう》なら、それでいい」

何も分からない以上、観察に注力するしかない。

小型船を島に近づけ、望遠鏡で少しでも手がかりを探す。激しい波が打ちつける岩だらけの島のため、脱出できる場所は限られている。

――爆発で注意を引き、何かを目論《もくろ》んでいる可能性。

やがて島唯一の港に近づいた時、何か不審なものが見えた。

港から何か異様なものが流れてくる。帆が張られている船。ヨットのようだ。

（……爆風を利用して、荒波を越えてきた？）

島から離れたヨットは海風を捕らえ、前進していく。

「どういうことだ？」

見た光景が信じられず、呟《つぶや》いていた。

「この荒波を越えられるような材料は、島に存在しないはずだが」

骨組は流木で作れたとしても、帆の素材はない。シーツのような薄い布では、風を捉えることは不可能ではないにせよ、荒波を越えるには力不足。

原理は不明だが、このまま進ませるわけにはいかない。

『働《はたら》き蟻《あり》』に指示を出し、エンジンの出力を上げる。狙撃銃を構え、ヨットに接近。帆を撃ち抜き、動きを止めようとする。

やがてヨットに近づいた時、銀蟬《ぎんぜみ》はその正体を理解した。


「…………皮船？」


スコープ越しに見えたのは、動物の皮の風合い。脂や血液を処理しきれていないような、生々しい皮の帆だった。

どこかから動物の皮を調達したのだろうか。

ヨットのボディもまた皮で覆われている。流木で最低限の骨組を作り、他は全て動物の皮で覆う。世界各地で見られる軽量で、原始的な船だ。


「――――」


その皮の調達手段を考えた時、背筋が凍る心地がした。

大量の皮を入手する先など、一つしか考えられない。

「人間の皮だ‼　『K93』の党員の皮膚を繋ぎ合わせやがった⁉」

常軌を逸した手法に、圧倒される。

すぐさまにヨットを破壊しなくてはならない。

こんな手段を思いつく相手は『燎火』しか考えられない。

銀蟬は小型船の先端に進み、狙撃銃を構える。脱出は見事だが、沈ませれば問題ない。

だが引き金に指をかけたところで悟る――ヨットに人の影はない。

（……………………ダミー？）

手が空いている『働き蟻』にも望遠鏡で確認させる。

ヨットに人が乗っている様子はなかった。爆風と海風で流されているだけ。

（……そうだ、冷静になれ。人の皮で作ったヨットで脱出できるはずがない）

改めて小型船を進ませ、ヨットを観察する。

動物の皮を素材にするには、日数がかかるはずだ。余計な脂を抜かねば、船の素材にするには重すぎる。目の前のヨットは、人を長距離乗せられる浮力はない。

失敗作が爆発の衝撃に耐えきれず流れてきただけだ。

（だが、あまりに悍《おぞ》ましい。発想含めて常軌を逸している……）

近づいてくるヨットを見つめ、銀蟬は息を吞《の》んでいた。

これが『燎火』の手によるものとは疑いようもない。繋《つな》ぎ合わされた皮膚の量から分かる残虐性。あまりに無駄なく縫合された精密性。人間離れした業だ。

近づけば近づくほどに、生々しく残る血が目に入る。

(追い詰められた者ゆえの凶暴……しかし、まるで………)

「芸術だ」と銀蟬が呟いた時、船の後方から大きな音がした。

即座に銀蟬は悟る。迂闊すぎた、と。

島に近づきさえしなければ安全、と楽観していた。ヨットは遠距離から破壊するべきだった。指を止めてしまった。惹《ひ》かれてしまった。

人の心を操る魔の芸術家を知っているにも拘《かか》わらず!

小型船の背後、海底から一人の男が這《は》い上がってくる。

「敵の心を惑わす術《すべ》は全て、ワガママな姉貴分から教わった」

その男は——『燎火』のクラウスは船上に立っていた。

あまりに意表を突いた奇襲に、銀蟬は言葉を失っていた。

「あの髪を見た瞬間、理解したよ。何者かが『焰』を狙っている。狙いが『K93』ではなく僕ならば、対処法は変わる。敵は僕の遺体を確認するまで仕事を終えられない。なら島近辺の海に何者かが現れるまで待ち続ければいい」

彼が語った言葉で、直前までクラウスはヨットに乗っていたのだ、と察する。

こちらが望遠鏡で島を捉えられる以上、島からも銀蟬の小型船が見えたはずだ。それを確認して、爆弾を起動。爆風で押し出されたヨットに乗り、沖に流される。周囲を警戒する銀蟬たちがヨットを見つけるのは、計算の内。近づいてきた小型船を海底から奇襲。

全てが彼の手の内だった。

「敵を欺く駆け引きは、賑《にぎ》やかな双子の兄貴分たちから授けられた」

クラウスは憎悪《ぞうお》に満ちた瞳を向けてくる。

「お前たちは何者だ？」

「…………まだ……生きていたのか？」

余計な問答はしない。

『働き蟻』に命じるよりも、銀蟬は手にしていた狙撃銃を構えると同時に発砲。激しい衝撃に襲われるが、狙いがブレることはない。

轟音を響かせ、銃弾は『燎火』の額に飛んでいく。

銃弾はすり抜けた――そう錯覚するほどに無駄なく避けられた。

微《かす》かに身を揺らす動きのみで射線上から流れ、銃弾は海に消えていく。


「身を守る術は、歴戦の老女が身体《からだ》に刻んでくれた」


「なぜ？　ここまで動ける？」

目の前の光景に納得しきれない。

彼は島に六日以上、取り残されている。銀蟬の計画通りならば、囚人を庇《かば》いながら『K93』と闘い、消耗。病状は進行し、食糧も水も十分に手に入らない。手に入ったとしても囚人に分け与えただろう。

なにより届けた髪は、彼の精神を乱すに十分な威力だったはず。

「囚人を救おうとした貴様が助かる見込みなんて――」

問いをぶつけると、クラウスが光を失った、黒々とした瞳を向けてくる。

◇◇◇

銀蟬に奇襲をかける二十四時間前。

ハイジの髪を見つけ、気を失ったクラウスだったが、やがて目を覚ました。立ち上がった直後には歩き始めていた。自然と覚悟が定まっていた。

彼が向かった先は、島の洞窟に潜み続けている親子の元。僅かな水と食糧を分け合って、必死に進行する病気と闘っている。娘の方は限界が近づこうとしていた。呼吸が絶え絶えになっている。彼女の小さな手を父親が祈るように握り込んでいた。

クラウスが近づくと、父親は「何か発見はありましたか？」と顔をあげた。

最後の希望に縋《すが》るような瞳をじっと見つめ返す。

「提案がある」

「はい？」

「――僕のために死んでくれ」

短く伝えた。

子どもたちを連れて、島からの脱出は不可能。このままでは全員が命を落とすだけ。ただしクラウスが最後の食糧と水を独占すれば、彼自身は生き残れる可能性が高い。それどころか、この地獄を生み出した黒幕に一矢《いっし》報いることができるかもしれない。

　僅かな水と食糧を、死にゆくだけの病人に与える意義は一つもない。

「……な、なにを突然？」

　父親は血の気が引いたように青ざめ、声を詰まらせた。

「わ、わたしたちが何をしましたか？　なんで今更――」

「アナタたちは何も悪くない」

「……せめて、子どもだけでも……息子たちはなんの関係もない……」

「関係がなくとも人は死ぬんだ」

　放心する父親の横を通り、洞窟の隅に置かれている最後の水と食糧を奪った。この家族の唯一の希望であり、生存手段。少年が妹を守るために伸ばしてきた手を振り払う。足にしがみついてきた父親を蹴り飛ばす。

　やがて全てを諦めたように、父親が声をかけてきた。

「………最後の一時を家族で過ごします」

　返事はしなかった。

　涙交じりの消え入りそうな声が洞窟に響いていた。

「恨みますよ、こんな結末を迎えるなら、希望なんて欲しくなかった」

五日間命がけで守ってきた親子は、クラウスを呪うような視線をぶつけ続けた。

◇◇◇

小型船に立つクラウスの脳裏には、親子の最期《さいご》があった。

彼らは結局、その日の夜には息絶えていた。クラウスに見放されたことで病に抗《あらが》う気力も削《そ》がれたのかもしれない。最後の最後まで親子は手を固く繋いでいた。

彼らから奪ったレーションを口に入れると、微かに気力は回復した。

コロニーの見張り部屋に腰を下ろし、クラウスの遺体を確認しにくる敵を待ち続けた。

「囚人の救出を諦め、残った食糧と水は僕が独占した」

銀蟬《ぎんぜみ》――クラウスにとっては名も知らぬ女――を睨《にら》みつける。

「残酷な決断を強《し》いられる世界に生きる覚悟は、ボスから授けられた」

かつてゲルデから授けられたトロッコ問題を思い出した。

五人を救うために、一人を殺せるか。その時答えから逃げたのは、やはり誤っていたのか、と惑う。世界は慈悲なき選択を強い続ける。

分岐器を動かさねばならない時が来る。

切り捨てなければならない、と誰かが教えてくれている。

スパイとして冷酷な判断を下せ。分岐器を変えろ。理想をかなぐり捨てろ。

フェロニカが教えてくれたことだ。家族を愛するな、と。

――あの無垢《むく》で善良なる家族を殺せ。

「囚人の家族を見捨てたのか……？」

銀蟬は意外そうに呻《うめ》いた。

「貴様は！　『家族』に憧憬を抱く貴様はそんな真似《まね》できないと、あの人が――」

「お前が僕の心を殺したんだ」

クラウスは、一歩前に踏み出した。

覚悟を定めたのは、アタッシェケースの中身。

純白の毛髪が本物かどうかは分からない。髪だけ切り取られ、本人は無事かもしれない。

だが、何があろうと送りつけた者を殺すと決断するには十分。

小型船の長さは、十メートル強。乗っている人間は三人。彼がその正体を知る由《よし》もないが、暗殺経験を積んでいることは身のこなしから察する。

この地獄と決着をつけねばならない。

「……っ、やはり貴様は邪悪だ」

銀蟬もまた狙撃銃を捨て、近接戦用の武器を取り出した。

二本の注射器——一本でも打ち込めれば、象だろうと昏倒《こんとう》させられる。

「恵まれた才能を得ながら、弱者を救うことさえ諦めた。正義のつまみ食いは愉悦だろう？　化け物じみた能力を振るい、他者を蹂躙《じゅうりん》し、縋る者は切り捨てるっ‼」

「何が言いたい？」

「ワタシはっ‼　自身の手で国を変えたかった！　スパイとして肥えた豚共を蹂躙したかったのだ！　貴様ら『焔《ほむら》』は世界を変える力を持ちながら、私欲を貪る豚共を放任し、世界をゲームのように弄ぶ！　不愉快極まれり！　幸運だけの富める者がっ‼」

「…………そう見えるんだな。お前の目には」

情報を吐かぬなら、興味はなかった。

「恵まれているだけで生き残れるほど、甘い世界ではなかったよ」

クラウスは短く答える。

「この世界で、それでも正しくあらんと抗い続ける僕たちの邪魔をするな」

先に動いたのは『銀蟬』だった。

手を振り上げ、二名の『働《はたら》き蟻《あり》』たちに指示を出す。『紫蟻《むらさきあり》』に洗脳された彼らは、目の前の男を殺すことに何の躊躇《ちゅうちょ》もない。脳に植えつけられた恐怖から逃れるため、ナイフを取り出して突き立てようとする。

クラウスはナイフを避けると同時に相手の肩を摑《つか》み、相手の勢いを利用し、海に叩《たた》き落とした。二人目も足を払い、同様に叩き落とす。

最小限の動きで相手を無力化しなくてはならなかった。

「っ、フラフラじゃないか……！」

その理由を見抜いた銀蟬は高らかに笑う。

二人の男を凌《しの》いだだけで、クラウスは片膝をついていた。荒い呼吸を続け、焼けるように痛む肺へ必死に酸素を送り込む。

——栄養失調、感染症の悪化、『Ｋ93』との死闘、ヨットから小型船までの潜水。

今、生きているだけで限界なのだ。

『銀蟬』の策略は成功していた。

彼の左手にはナイフが突き刺さっている。二人目の攻撃を避けきることはできなかった。限りなく死に近い場所までクラウスは降りている。

「強がりも大概にしろ。とっくに銃弾も尽きたんだろう？」

銀蟬は注射器を構え、高らかに告げる。

「『焰』はお前の死をもって完全に潰《つい》える!!」

「ところで――このお遊びには、いつまで付き合えばいい？」

答えるのは、兄貴分であるルーカスの口上。

どんな窮地だろうと、余裕を忘れない。逆転する一手を持ち続ける。

最後の力を振り絞り、銀蟬に突撃する。

（……燃えている………）

感じ取るのは、身体の奥底から燃え上がる熱。

病状の悪化以上に、それは身を焦がし、しかし力強くクラウスを後押ししている。その感覚を語ってくれたハイジの言葉は、覚えている。

――心に炎を灯《とも》す。

理解すると同時に、クラウスの視界は鮮やかな色彩を持って華やいだ。視界に映るもの全てが明確な情報を伴い、脳に直接届けられる。

銀蟬の動きが全てスローモーションに感じられた。

振るわれる注射器に抵抗し、クラウスが背中から取り出すのは、唯一の武器。パワー不足を補うために、コロニーから持ち出した。

「鉄梃《かなてこ》……っ‼」

目を剝《む》いた銀蟬の右手から、注射器が零《こぼ》れ落ちていく。

クラウスが振るったバールが、彼女の右手を瞬《また》く間《ま》に粉砕した。

かつての孤児だった少年時代のように、一撃に全体重を乗せ、破壊力をあげる。力が入らない腕で、バールを振るう。

なにより知っていた。誰よりも知っていた。

常に見続け、憧れていた。長大な刀を自在に振り回す、最高の師匠の姿を。

「――【炬光《きょこう》】」

師匠の刀を理想とする渾身《こんしん》の一撃で、クラウスは銀蟬の額をバールで叩き割る。

◇◇◇

ビュマル王国での死闘は、『燎火《かがりび》』のクラウスの辛勝で終わる。

彼は『銀蟬』を生かす余力までは残っていなかった。彼女は即死した。頭を割られ、海に落ちた遺体を回収することさえままならない。海に沈めた『働き蟻』たちは、自ら海水を飲んで命を絶っていた。『氷露庭園』にいた者は例外なく命を落とした。

唯一の生還者は、クラウスのみ。

世界各国から危険視されていた『K93』の壊滅は、各国の諜報機関に衝撃を与えた。

「『燎火』が一人で壊滅させたらしい」という情報が出回り、やがてそれが定説になった。

――『燎火』のクラウスの名が、世界中のスパイに轟《とどろ》く。

奴《やつ》は「『世界最強のスパイ』を自負している」という情報も相まって。

そして、それ以上に世界へ激震を与えるニュースも生まれようとしていた。

◇◇◇

クラウスは小型船でビュマル王国本土まで戻った。

オリエッタに連絡を取り、自身の身を保護させた。『カース』内部では「『燎火』抹殺論」もあったようだが、オリエッタがうまく説得してくれたらしい。彼に恩を売るのは悪い選択ではない、と。なにせ『K93』を一人で壊滅させた男だ、と。

病室でクラウスは三日間眠り続けた。『カース』には感染症の特効薬があった。『銀蟬』が元『カース』の工作員であるゆえだが、クラウスには知らされなかった。

目を覚ますと同時に彼は病室を抜け出し、ディン共和国に向かった。

確かめねばならないことが多すぎた。

(一体、何が起きている……?)

理解を超えた事態が起きている。

いまだ回復しきらない身体《からだ》で、問いと向き合い続けた。

(なぜ僕の潜入タイミングがバレた？　それに、あの純白の髪は――)

ビュマル王国内の同胞とも接触できなかった。

彼らも消されたとしか考えられない。これほどあっさりとディン共和国のスパイ網が壊滅するなど、初めての経験だった。

ディン共和国の港まで辿《たど》り着くと、真っ先に向かったのは陽炎《かげろう》パレス。

ハイジと話したい。なぜ髪を切られたんだ、と尋ねたい。気分転換さ、と温かく笑う彼女が見たかった。

玄関前に辿り着いた時、建物の前には一人の男が立っていた。

「――――」

陽炎パレスの敷地《しきち》は『焔』メンバー以外は基本、入れない。

そこに見も知らぬ男がいるだけで異常事態。灰色の髪の鷲鼻《わしばな》の男だった。つま先から帽子に至るまで純黒の装《よそお》いの彼は、葬儀屋のようにも見える。やってきたクラウスを気の毒がるような、視線を向けていた。

彼はクラウスを待っていたようだ。

「お前は誰だ？」

「『C』という名を聞いたことがあるはずだ」

聞き覚えはあったが、実際に見たのは初めてだ。ディン共和国の諜報《ちょうほう》機関『対外情報室』の室長。国内外全てのスパイを操り、世界各国に諜報員を派遣するスパイマスター。

厳かな声音で端的に告げてきた。

「――『焔』は、キミ以外の全員が亡《な》くなった」

◇◇◇

陽炎パレス広間のソファに身体を埋《うず》め、そのまま目を閉じた。

このままじっとしていれば、誰かが帰ってくるのではないか。そんな期待が消えてくれない。眠りに入れば、誰かが身体を揺り動かして起こしてくれる。十秒ごとにそんな夢想を思い描いては、現実に打ちのめされる。

『焰』メンバーの遺体を確認したばかりだった。

遺体は対外情報室の本部に届けられていた。少し腐敗していた彼らの遺体を見た瞬間に、身体を折り曲げ、胃の中のものを吐きだしていた。

紛れもなく本物だった。

唯一疑わしいと言えば、師匠であるギードのもの。損壊が激しく、本人という確たる証拠がない。その事実もまたクラウスの心を激しく揺さぶった。

Cから『何か知らないか?』と尋ねられたが、答えられる情報はなにもなかった。聞きたいのはクラウスの方だった。

「何が起きた……?」

ソファに座る彼の口から呟《つぶや》きが洩《も》れる。

「どうして遺体が届けられている？　誰がなんのために？」

広間にかけられた振り子時計が深夜十二時を示した。

一日の終わりを知らせる、鐘が響き渡る。幼い頃はこの音を聞く度にどこか安堵《あんど》して眠りについたのだが、今は激しく耳障《みみざわ》りに感じられた。

鐘の音が止まった時に広がる、無音の空間。

その落差に耐えきれなかった。

「なんで誰も答えてくれないんだ……？」

そう吐き出せど、誰の声も聞こえてこなかった。

◇◇◇

何度だって思い出す。

『紅炉《こうろ》』のフェロニカと交わした最後の会話だ。

「──『焔《ほむら》』を愛するのは、止《や》めなさい」

クラウスの部屋に訪れた彼女がそう叱るように告げた。

突き放すように感じられる言葉に、声を荒らげてしまった。

「なんでそんなことを言うんだ？　僕はアナタたちを──」

「家族のように想《おも》っている。だから言うのよ。アナタは家族を愛してはならない」

「……っ」

「クラウス、アナタはね──」

フェロニカは微笑するように口元を緩め、温かく包み込むような声音で伝えてきた。

「──【いつか一人で立たなくてはならないの】」

彼女の目線が、まっすぐクラウスの瞳に向けられている。

言い終わったあと、彼女はどこか解放されたような朗らかな声音で「あぁ、言ってしまったわ」と肩を竦《すく》める。

反射的にクラウスは首を横に振った。

「僕にとって『焔』は家族に等しい。ここを去る理由なんてない」

「違う。それはアナタの感情じゃない。私がそう思い込ませてしまったのよ」

「事実として――」

「私には、分からなかった。使命感のため、年端《としは》も行かない子どもをスパイという過酷な世界に追い込んだ。どれだけの子どもが養成学校を経て、命を落とすのかしら」

フェロニカは、クラウスの頬に手を伸ばした。

「事実アナタは、何度も命の危機に晒《さら》されている」

絵の具で赤く染まった彼女の指がクラウスの頬に当たる。細く、しなやかな指。慈《いつく》しむように撫《な》で、最後手のひらで覆うように触れる。

「――後悔する。アナタを、このスパイの世界に連れてきてしまったことを」

お願いだからそんな顔しないでくれ、と叫びたかった。

彼女の歪《ゆが》んだ眉は、哀傷の色が宿っている。

口から出たのは、まるで子どものような安直な言葉。

「僕は、幸せだ」

「だから、そう思い込ませてしまったのよ、私が」

「後悔することじゃない」

「アナタのそれはただの依存よ。目に見える真実を曇らせてしまう、あってはいけない感情。依存はスパイに破滅をもたらす。例外はない」

フェロニカは、クラウスの頬から名残惜しそうに手を離した。

自然とクラウスの頬から涙が零《こぼ》れ落ちた。本能が、なにか決定的な別れを示唆しているのだ、と悟っていた。

どれだけの年月が残されているかは不明だが、いつかフェロニカが去る日が訪れる。

それは彼女の病のせいかもしれないし、別の要因かもしれない。

分かるのは、それが逃れられない運命だということ。

「人は人生で二つの家族を得る」

彼女は穏やかな口調で告げてきた。

「産まれた家族。そして、作り上げる家族。産まれた家族は選べなくても、新たな家族を作る権利は誰にでもある。前者だけを愛し、囚《とら》われてはいけない。自分の居場所は、自分で見つけ出すのよ。血が繋《つな》がらなくてもいい。法で認められなくてもいい」

フェロニカにとって『焔』はどんな居場所だったのだろう、と考えた。

クラウスにとっては家族だったが、彼女にとっては？

この燃えるような想いを、彼女もまた共有してくれるのだろうか。

「アナタはいつか一人で立ち、新たな居場所を作り上げるのよ」

祈るような言葉が、フェロニカから与えられた最後の教えだった。

◇◇◇

無人の広間で彼女との最後が過《よぎ》った時、自然と立ち上がっていた。

動かねばならなかった。

『焔』がやり残した仕事を果たし、『焔』が守り抜いた国を守らなければならない。そして『焔』を滅ぼした要因を見つけ出すまで止められない。

──復讐《ふくしゅう》を果たす。

立ち上がり、動き出していた。『対外情報室』から人を呼びよせよう。メンバーの所持品を隈《くま》なく検分し、少しでも多くの情報をかき集める。直近までの動きを洗い出し仕事を引き継ぎ、彼らを襲った悲劇の正体を調べあげる。

止まらない。止まれない。止まるわけにはいかない。

身体にはどんな炎よりも熱い焔が燃え滾《たぎ》っている。

新たなメンバーを集める必要がある。万が一──考えたくもない発想ではあるが、クラウスの推測する人物が裏切り者だった場合、クラウスでは絶対に勝てない。ディン共和国のどんなスパイでも勝てる見込みはない。

可能性があるとすれば――その人物が絶対に知り得ない特技を有する者たち。その人物が『焔』選抜試験でも近づいていない環境。知ろうともしない相手。女スパイ養成学校の落ちこぼれ。彼女たちの力を借り、立ち向かうしかない。

彼を打倒した果てに、説得し、もう一度『焔』を始める。

「ボスがなんと言おうと、僕は『焔』を愛していた。強さと愛を兼ね備えていたアナタたちのことを。けれど、そんな僕の感情を甘えだと、ボスが言うのなら――」

クラウスは強く宣言する。

「――僕は、新たな居場所を作り上げよう。『焔』からの愛をこめて」

チームの名前は彼自身が定めた。

所詮『焔』には程遠い。

しかし世界の謎を解き明かし、新たな未来を摑《つか》み取る組織に相応しい名を。

◇◇◇

新設スパイチーム、名は『灯《ともしび》』――。

『焔』壊滅から一か月後、クラウスは新たなスパイチームのボスになっていた。

養成学校に何度も出向き、必要な素養を持つメンバーを集めた。

どんな苦況にもめげないメンタルを持つ少女、ターゲットと直接闘える高い格闘技術を有する少女、仲間を導ける高い智謀《ちぼう》が武器の少女、かつてフェロニカ自ら技術を授けた少女、ヴィレに直接スカウトされた才溢《あふ》れる少女、ルーカスが遊び半分に鷹《たか》をスカウトした際に見つけた未来ある少女、他の少女に欠けている冷酷なメンタルを持ち合わせている少女、そして、相手の意表を突ける稀有《けう》な特技を有する少女。

「『花園《はなぞの》』のリリィ、ただいま到着しましたっ‼」

結成日、お気楽な少女の声が陽炎パレスに響き渡る。

新たな物語はここから始まる。

あとがき

お久しぶりです、竹町《たけまち》です。

『スパイ教室《きょうしつ》』の短編集の5冊目。満を待しての前日譚《たん》、『焔《ほむら》』編。

そろそろ『焔』を書きたかったのです。クラウスさんの大切な存在であり『スパイ教室』という物語の鍵を握る方たち。私の「好き!」を詰め込んだキャラも多く、『灯《ともしび》』の少女たちの過去にも触れつつ、私が勝手に大満足な短編集でした。

では、それぞれの短編にコメントしていきますね。

「1章」ギード編。改めて思うのですが、『焔』メンバーの中で一番苦労人なギードさん。彼の刀は、いまだクラウスの部屋に飾られています。

「2章」ゲルデ編。アルハラパワハラと時代にそぐわないお婆《ばあ》さん。「お婆ちゃん×拳銃」の組み合わせにロマンを感じるのは、私だけ? 例の殺人鬼を描けたのは幸せ。

「3章」双子編。この二人はやはりセットで描きたい。ルーカスさんがボスになった『焔』も見てみたいですね。そこには、きっと黒髪《くろかみ》の少女辺りを添えて。

「4章」ハイジ編。養成学校少女たちのトラウマ製造機。何かと面倒な姉貴分です。「なんやかんや」はまた後日明かされます。落ち着いてください。グレーテさん。

「5章」フェロニカ編――と銘打ったものの、出番は多くありませんね。彼女の物語は、また別のタイミングで明かされる予定です。いつかクラウスが辿《たど》り着く時に。

では以下謝辞です。今回の短編集が成り立ったのは、そもそも「ドラマガ連載4回分、クラウスの過去編をやらせて！　少女たちの出番はないけど！」という無茶なお願いを聞いてくださった編集さんの懐《ふところ》の深さです。いつもお世話になりっぱなしですので、ここで改めてお礼を言わせてください。許可が下りなかったら相当、構成を悩んだと思います。

またいつものことながらトマリ先生にも感謝を。前回の『鳳《おおとり》』に引き続き、『焔』の集合絵を引き受けてくださりありがとうございました。描く人数が多くて大変かと思いますが、本当に感無量です。集まった彼らがずっと見たかった！

最後に次回の短編集についてですが、とうとう3rdシーズンに入ります。二人一組に分かれて動いていたライラット王国革命任務の一年間が明かされます。離れ離れになっていても賑《にぎ》やかなのは変わらない少女たちの様子をお届けできれば、と！

が、その前にまずは本編ですね。ライラット王国革命任務、そして、辿り着いた先にあるもの――それらをお届けできれば、と思います。ではでは。

………2ページ余った。

いつもの調子で、あとがきを2ページ書き終えたのが2023年11月15日。以降は担当編集さんに送り忘れて、放置。担当編集さんに「3、4ページ程度のあとがき、送ってくださいねー」と頼まれたのが12月18日。ページが足りないと悟り、後回し。「今日、締め切りですよー」と追加のメッセージが来たのが、年明け1月5日。送り忘れていた自分の怠惰さに絶望しますね。

仕方ないので、存在しない『スパイ教室』SS案を列挙していきますね。

○　サラが本格的にアネットとエルナを飼育小屋で飼い始める話
○　エルナが謎の宗教結社に祀《まつ》り上げられる話の後日談。政界デビュー編
○　イタズラで陽炎《かげろう》パレスを全焼させてしまい、さすがに焦《あせ》るアネット
○　全焼した陽炎パレスを見て、膝をつくほどに心が折れるクラウス
○　ギードとゲルデから気に入られて、武者修行を受けるジビア
○　クラウスが師匠から「未成年少女8人と同居する倫理観」をガチ説教される話
○　感動巨編『大悪女リリリン　VS　大海賊ジビアーン』

○リリィとクラウスの結婚記念日を、複雑な表情で見つめるモニカ
○これまでアホな恋愛アドバイスをしてきたティアに慰謝料請求する、覚醒グレーテ
○エルナが謎の宗教結社に祀り上げられる話の後日談。政治汚職逮捕編
○リリィとグレーテが養成学校に戻って、先輩面して後輩にマウントとる話
○「あ、動物を国外に持ち込んじゃダメだから」とサラに説教する動物検疫所職員
○動物検疫所職員に対して「……？　ヌイグルミっすけど？」と強行突破を試みるサラ
○「正直こんなビッチになるとは思ってなかった」と酷《ひど》いコメントをするフェロニカ
○陽炎パレスでメイド業に勤《いそ》しんでいる『浮雲《うきぐも》』のラン。と追い出したい一同
○五十年後、「あの頃の自分は伝説的なスパイだったんですよ」と話を盛るサラ
○音楽性の違いから、バンドの解散を提案するモニカ
○そもそもバンドを組んでいた事実自体が初耳だったリリィとジビア
○エルナが謎の宗教結社に祀り上げられる話の後日談。起死回生の大逆転編
○何事もなかったように『鳳』と『焰』が生き返っていて「よかったねー」となる話
○「妊娠したかもしれません」と超えちゃならないラインを超える嘘《うそ》を吐《つ》くグレーテ
○資産運用を始めたクラウスが一瞬で破産して、部下から爆笑される話
○もちろん書く予定が全くない話です。

竹町

初出

《燎火》表 Ⅰ
ドラゴンマガジン 2023年1月号

《燎火》表 Ⅱ
ドラゴンマガジン　2023年3月号

《燎火》表 Ⅲ
ドラゴンマガジン　2023年5月号

《燎火》表 Ⅳ
ドラゴンマガジン　2023年7月号

他、書き下ろし

SPY ROOM

the room is a specialized institution of mission impossible
from Homura with love

富士見ファンタジア文庫

スパイ教室《きょうしつ》 短編集《たんぺんしゅう》05

『焔《ほむら》』より愛《あい》をこめて

令和6年2月20日　初版発行
令和6年4月20日　再版発行

著者――竹町《たけまち》

発行者――山下直久
発　行――株式会社KADOKAWA
〒102-8177
東京都千代田区富士見2-13-3
0570-002-301（ナビダイヤル）
印刷所――株式会社KADOKAWA
製本所――株式会社KADOKAWA

ISBN978-4-04-075264-8 C0193　◆◇◇

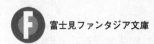

これは世界を救う

久遠崎彩禍。三〇〇時間に一度、滅亡の危機を迎える世界を救い続けてきた最強の魔女。そして——玖珂無色に身体と力を引き継ぎ、死んでしまった初恋の少女。

無色は彩禍として誰にもバレないよう学園に通うことになるのだが……油断すると男性に戻ってしまうため、女性からのキスが必要不可欠で!?

シン世代ボーイ・ミーツ・ガール!

王様のプロポーズ

King Propose

橘公司
Koushi Tachibana

[イラスト]——つなこ

最強の初恋
シリーズ
好評発売中!
ファンタジア文庫

ティナ
四大公爵家の
ひとつ、ハワード家に
生まれた公女殿下。
なぜか誰でも扱える
程度の魔法すら使う
ことができない。
変える
はじめましょう
アレン
公爵令嬢ティナの
家庭教師を務める
ことになった青年。魔法
の知識･制御にかけては
他の追随を許さない
圧倒的な実力の
持ち主。
発売中！

双星の
無名の青年が天下無双の大活躍！
彼の前世は、最強の英雄だ！
華流転生ソードファンタジー。

無自覚最強
ハーレム！
シリーズ
好評発売中！
妹が女騎士学園に入学したらなぜか救国の英雄になりました。
ぼくが。
After my sister enrolling in Girl Knights' School, I become a HERO.
author.
ラマンおいどん
ill. なたーしゃ
ファンタジア文庫

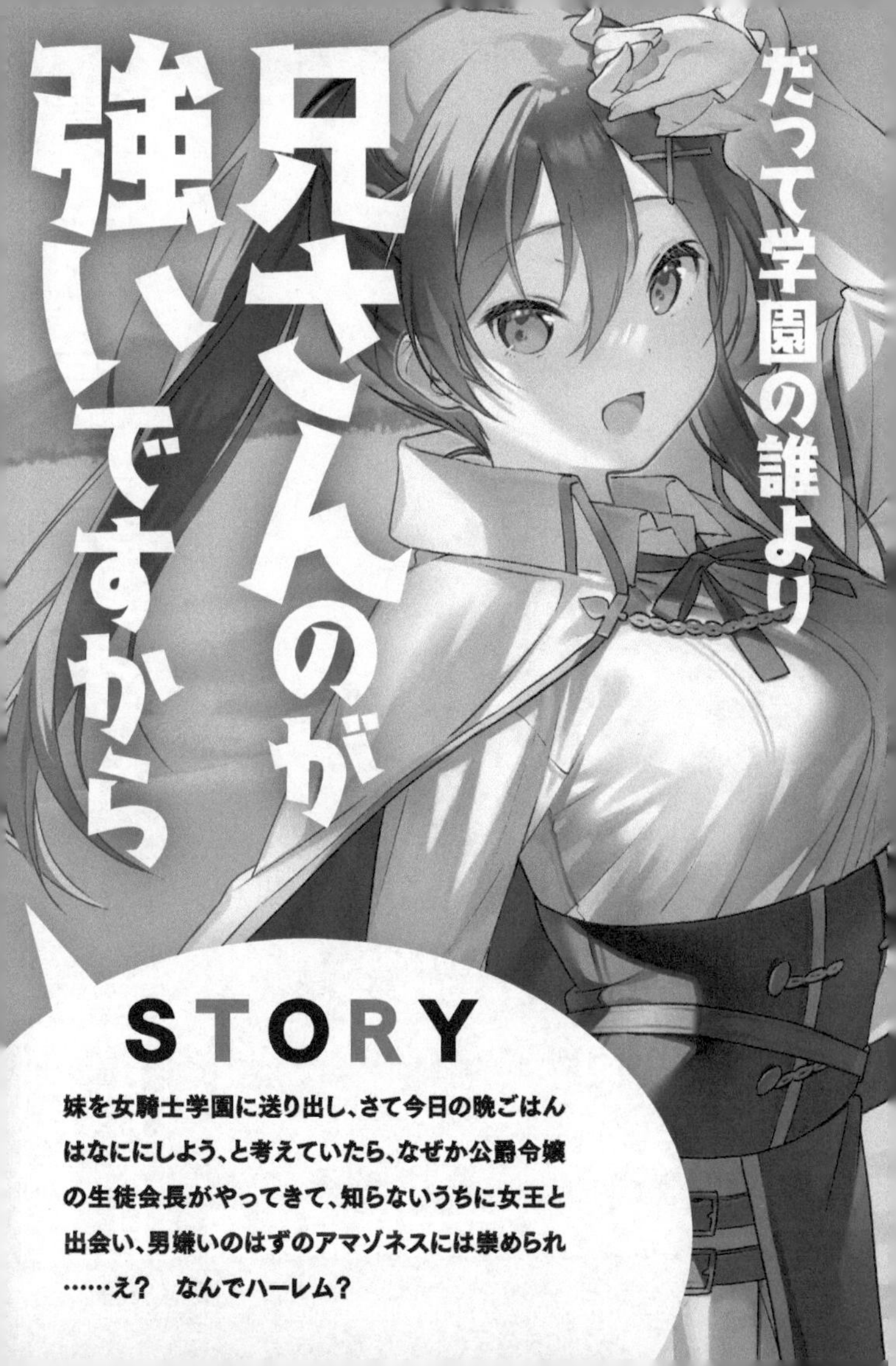
だって学園の誰より
兄さんのが
強いですから
STORY
妹を女騎士学園に送り出し、さて今日の晩ごはんはなににしよう、と考えていたら、なぜか公爵令嬢の生徒会長がやってきて、知らないうちに女王と出会い、男嫌いのはずのアマゾネスには崇められ……え？　なんでハーレム？

切り拓け！キミだけの王道
ファンタジア大賞
原稿募集中！
賞金
《大賞》300万円
《金賞》50万円
《銀賞》30万円
選考委員
細音啓「キミと僕の最後の戦場、あるいは世界が始まる聖戦」
橘公司「デート・ア・ライブ」
羊太郎「ロクでなし魔術講師と禁忌教典《アカシックレコード》」
ファンタジア文庫編集長
前期締切 8月末日
後期締切 2月末日
公式サイトはこちら！ https://www.fantasiataisho.com/
イラスト つなこ、猫鍋蒼、三嶋くろね